KB042598

골렘의
장인

골렘의
장인 5

초판 1쇄 인쇄일 2016년 10월 25일 | **초판 1쇄 발행일** 2016년 10월 27일

지은이 러트렐 | **펴낸이** 곽동현 | **담당편집 팀장** 이범수
편집부 신연제 이윤아 홍현주 김유진 임지혜

펴낸곳 (주)조은세상 | 출판등록 제 2002-23호
주소 경기도 연천군 미산면 청정로 1355
TEL 편집부 02)587-2966 | FAX 02)587-2922
e-mail bukdu@comics21c.co.kr

ⓒ러트렐 2016
ISBN 979-11-5832-682-1 | ISBN 979-11-5832-539-8(set) | 값 8,000원

골렘의
장인

러 트 렐 현대 판타지 장편소설

NEO MODERN STORY & ADVENTURE

Golem's 匠人

(5) 좋은세상

CONTENTS

골렘의 장인

Golem's
匠人

1. 격파(2)

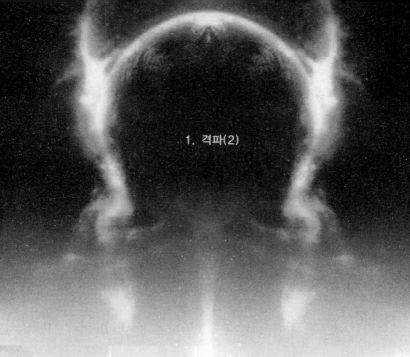

1. 격파(2)

페레스 곤잘레스는 입술을 잘근 씹으며, 눈 앞의 광경을 지켜보았다. 50에 달하는 휘하의 블랙헌터들이 남자 두 명에게로 달려들었건만, 남자 둘은 오히려 여유롭게 블랙헌터들을 눕히고 있다.

페레스 곤잘레스는 오늘 아침에 있었던 대화내용을 떠올렸다.

"마고가 드러났다."

마고 그란데. 레이디 어쌔신. 로드 어쌔신등의 닉네임으로 불리우며, 팬텀 내에서도 가장 은밀한 움직임을 보여주는 여자. 그녀가 '드러났다' 라는 의미는 가볍지 않다. 그야말로 적에게 적발되었다는 것이다. 항상 비밀스러운

임무를 띠고, 움직이는 그녀이기 때문에 그녀가 드러났다는 것은 곧, 팬텀의 의중이 드러난다는 것이나 다름없다. 페레스 곤잘레스는 대화의 상대에게 정중한 어조로 물었다.

"……그렇다면 그녀는 어떻게 된 거죠? 잡힌 겁니까?"

"아니. 잡히진 않았다."

"그건 다행이군요. 헌데, 그녀가 잡히지 않았다고 해도, 그녀의 움직임을 알았다는것은 곧 팬텀의 개입을 알게 되는것 아닌가요? 어떻게 되는 겁니까? 그 일은요?"

"걱정 말도록. 어차피 모든 일이 궤에 맞춰 순항하고 있으니."

"당신의 생각이 그러하다면…."

할 말이 없다.

그것이 페레스 곤잘레스의 생각이었다. 지금 이야기중인 팬텀의 리더. 평범했던 블랙헌터 조직을 최고의 세력을 구가하는 조직으로 탈바꿈시킨것은, 온전히 그의 공이니까. 그가 하는 말은 팬텀내에선 곧 법이고 진리였다.

"하지만 '존슨'은 잡혔다."

"귀여운 아이였는데……."

"복제품은 무수히 많다. 일일히 온정을 나눠줄 필요없지."

"예."

리더는 냉정했다. 그는 합리적인 사람이었다. 그 합리라는게 때로는 너무도 지나쳐 냉정하게 보이기도 할 정도였다. 하지만 이 역시 그가 그렇다면 그런 것이다.

"따로 하명하실 일은 없습니까?"

"거사가 가까워졌어. 곧 일을 치러야 할테니 준비해두게."

페레스 곤잘레스가 맡고 있는 역할은 주로 '자금통' 항구 컨테이너에 잠들어있는 마약을 풀라는 이야기였다. 페레스 곤잘레스는 '알겠다'고 대답했다. 리더는 다시 다른 화제를 꺼내들었다.

"우대혁이란 남자에 대해 알고 있는가?"

"예. 모를 수가 없죠. 레버넌트를 끝낸 녀석 아닙니까?"

행성의 지배자.

직접 알현한 것은 팬텀에서도 '리더' 정도가 전부였지만, 팬텀은 큰줄기에서 보면 지배자의 권속이다.

그리고 다른 커다란 권속이 네 대륙에 존재한다. 레버넌트는 그 네 조직중에는 세가 약했지만, 그래도 헌터 하나가 어떻게 해볼만한 조직은 아니다.

그런데 '혼자' 서 레버넌트의 머리를 잘라낸 놈이 있다.

우대혁이란 헌터.

팬텀 역시 조직의 안위를 위협하는 헌터 몇 명을 리스트 업해놓고 있다. 이를테면 헌터협회 부회장을 역임하고 있는 페르낭 그라비. 혹은 미스터 뉴클리어라고 불리우는 김 같은 능력자다.

그들은 개개가 팬텀의 간부급을 상대로 승리를 거머쥘정
도로 막강한 자들이다.

그런 인물 수십의 명단이 리스트화 되어서 관리되고 있
다. 그런다 우대혁은 어디서도 들도 보도 못한자였다.

대체 그런자가 어디서 나타나서, 레버넌트를 말살시켰는
지 모를정도로.

어쨋든 레버넌트 궤멸이후로 우대혁이란 이름은 그 리스
트의 최상단에 올라있다.

요주의 인물인 것이다.

"며칠 전에 그가 우리의 땅을 밟았다."

"미국에… 왔단 말입니까?"

"정확히는 뉴욕."

뉴욕은 바로 페레스 곤잘레스가 있는 곳. 그리고 팬텀과
물밑 신경전이 가장 치열한 곳이기도 하다.

"뿐만이 아니다. 레드 스콜피온이라고 기억하고 있는
가?"

"물론입니다."

레드 스콜피온. 팬텀은 차도살인지계를 위해, 최대한 많
은 손을 쓸 필요했다. 언제든 사용하고 뒤탈없이 잘라버릴
손. 그래서 알게 모르게 물자를 지원해주는 조직이 몇 있는
데, 그 중 하나가 레드 스콜피온이었다.

"놈들이 사고를 쳤더군."

"……"

"그래서 마고를 보내서 흔적을 지웠다."

"어떤 사고였습니까?"

"페르낭 그라비를 건드렸지."

"……"

"정확히는 그의 동생을 건드렸더군."

페르낭 그라비가 헌터협회의 부회장으로 취임한 이후로, 헌터협회는 서서히 팬텀의 목줄을 쥐어왔다. 팬텀역시 최근엔 그와 맞불을 놓기도 했지만, 어제부로 '존슨'이 나포되면서 그 계획은 폐지되었지만.

"그러면서 우대혁과도 연결지었다. 하여간 우리는 우리대로 준비를 잘해야할것이다."

"예."

"페르낭 그라비는 원래 우리의 계산에 있었지만 우대혁은 아니다. 무슨 말인지 알겠는가?"

"알겠습니다."

"우대혁은 변수다. 그를 주의하라."

"예."

페레스 곤잘레스는 상념에서 깨어났다. 바로 오늘 오전에, 우대혁을 조심하라는 말을 들었는데 그 말을 듣자마자 그를 마주하게 됐다. 대체 어떻게 자신이 있는 곳을 알고, 마약을 옮기는 타이밍에 이곳을 찾아왔는지.

"크악!"

부하 한 놈이 또 나가 떨어진다. 별 다른 기술을 사용한

것도 아니다. 우대혁과 김은 그저 발길질이나 주먹질로 부하들을 깨부수고 있다.

페레스 곤잘레스는 대혁과 같이 온 남자의 이름도 곧 떠올릴수 있었다. 김.

팬텀이 요주의 인물에 올려놓고 있는 능력자.

그의 힘은 꽤나 막강한 것이어서 번번히 팬텀의 사역을 훼방놓곤 했었다.

최근에 '규토'라는 놈이 타나나기 전까진 '김'이 가장 골치아픈 녀석이었다.

"이놈들!"

부하들의 반절가까이가 눈깜짝할새에 바닥과 키스를 하고 있다. 더 시간을 들였다가는, 이대로 전멸이다. 페레스 곤잘레스는 더 늦기 전에 참전을 하기로 결심했다.

쾅!

그가 발로 바닥을 찍자 바닥에 거미줄같은 실금이 갔다.

쩌적, 쩌적.

가뭄이 온 땅처럼 갈라진 바닥에서, 돌덩이들이 솟아 올랐다.

그의 능력은 대지의 일부분을 다룰 수 있는 것이다. 땅에서 솟아오른 뾰족한 돌덩이들이 대혁과 김을 노리고 쏘아진다. 웬만한 총탄보다 훨씬 날 선 기세.

하지만.

펑! 펑!

골렘의
장인 5

퍼퍼퍼퍼펑!

연속된 폭음이 울리며 돌화살들이 가로막혔다. 중간에 터져나간 돌화살은 그저 돌부스러가만 남기고 폭연속으로 사라져갔다.

"……."

흙먼지를 가르고 주먹이 파고든다.

빠악!

돌덩이 따위보다 수 배는 묵직한 주먹.

페레스 곤잘레스는 그 주먹을 맞자마자 기절할 것 같았지만, 간신히 버텨냈다.

허나 다리에 힘이풀려 고꾸라지는 것만은 면치못했다.

단 일격으로 페레스 곤잘레스를 눕혀버린 대혁은 그의 앞에 쪼그리고 앉았다.

김은 뒤쪽에서 남은 카르텔들을 요리하고 있었다.

대혁이 그 모습을 배경으로 페레스 곤잘레스에게 물었다.

"너."

"……."

"앰플스톤 어디있는지 알아?"

대혁이 찾고 있는 물건은 앰플스톤. 지금 대혁에게 중요한 사안은 앰플스톤이다. 그것이 있어야, 새로운 골렘의 마지막 부품을 조립할 수 있다.

"…지금 네가 하고 있는 짓이 무엇인지 아냐?"

"뭐? 니 면상 줘팬거?"

"나는 팬텀의 일원이다. 넌 지금 팬텀을 건드렸어."

"……."

대혁은 짜증이 한껏치민 얼굴로 손가락을 꺾었다.

"그래서?"

대혁의 하도 당당한 태도에 오히려 말문을 잃은것은 페레스 곤잘레스 였다. 그가 약간 당황한 기색으로 대답했다.

"팬텀을 건든 이상…… 살아남을 거란 기대는 버려라."

"그래서 뭐, 든든한 빽 있으니까 봐달라는 거야?"

"그… 그딴 소리가 아니다!"

"집어치워. 척 봐도 넌 앰플스톤을 관리하는 녀석은 아닌가보군. 그럼 가만히 놔둘 이유도 없지."

대혁이 주먹을 말아쥐었다.

◆

대혁의 계획은 간단했다.

"밑에서 부터 하나씩 깨나간다."

대혁의 계획을 들은 김은 처음엔 반발했다.

"말이 되는 소리야? 언제, 팬텀을 하나하나씩 쳐서 올라가려고? 그러다 대가리가 도망가면? 당연히 대가리부터 쳐야지."

하아, 한 숨을 쉬면서 김이 이마를 짚었다. 괜히 도와주기로했다 어쨌다 궁시렁 거리는 소리가 한가득이었다. 김이 궁시렁거리는 소리를 무시하고 대혁이 말했다.

"도망가거나 숨어도 상관없어."

"그게 무슨 얘기죠?"

페르낭 그라비가 끼어들었다.

"어차피 내 목적은 단순히 팬텀의 머리를 잡는 것이 아니거든."

"…그렇다면?"

"팬텀의 뒤에서 이 모든 일을 조종하는 자."

김과 페르낭 그라비가 입을 떠억 벌렸다. 팬텀의 뒤에 또 누가 있었단 말인가? 그건 페르낭 그라비와 김조차 모르는 사실이다.

이 우대혁이란 자가 어디까지 내다보고 있는지 헌터중에서도 가장 윗줄에 서 있는 두 남자가 짐작 못할정도였다.

"팬텀의 배후에… 뭐가 또 존재한단 말입니까?"

페르낭 그라비가 약간은 의심스러운 어조로 말했다.

"마, 말장난 하는 거 아냐?"

김도 못믿겠다는 듯 말했다. 대혁은 잠시 침묵을 이었다. 대혁의 생각은 그가 말한 그대로다.

팬텀을 잡는 일은 그에게 중요치 않다. 대혁은 최종적으로 지구의 지배자를 상대할 생각이었다. 어차피 최후엔, 지배자만 잡으면 모든 일이 정리된다.

그리고 그 일에 최우선적으로 필요한것은 바로 앰플 스톤.

마나를 증폭시키는 광석이다.

"그럼 어느날 갑자기 지구에 던전이 나타나고… 능력자들이 떼로 출몰한게 팬텀의 모의라고 하진 않겠지? 그 뒤에 또 배후가 있어. 그렇게만 알아둬."

"……."

고요한 김과 페르낭 그라비, 두 사람을 앞에 두고 대혁은 계속해서 말했다.

"그리고… 말했다시피 팬텀을 피하겠다는 얘기는 아니야. 앞을 막으면 언제든지 눕힌다.

밑에서 부터 처리해가는 과정은 일종의 워밍업이라고 생각해."

"워밍업하다 죽겠다 야."

사실 말이 쉬워 밑에서부터 치고 올라간다지. 팬텀의 간부들은 그렇게 녹록치 않다. 대혁도 그걸 모르고 하는 얘기는 아닐 것이다.

"그럴때 쓰라고 네가 함께하고 있는 것이 아닌가?"

대혁이 김을 향해 말했다. 대혁의 농에 김이 피식 웃었다.

"말은 잘해요."

"그리고 이런식으로 진행한다고 해도 팬텀의 리더가 숨진 않을 거야."

"어떻게 확신하지?"

"어찌보면 당연한 이야기지. 지금 팬텀은 본격적으로 자신들의 야욕을 드러내기 시작했어. 중간에 허들이 좀 나타났다고 멈추면 골에 들어가는 것은 불가능하지."

"그러니까, 너를 허들정도로 판단하고 뛰어넘을 것이다?"

"물론. 자신들의 힘에 자신이 있는만큼 녀석들은 나를 피해 숨기보단, 나를 제거하려고 들 것이다."

"…일리가 있군요."

페르낭 그라비가 턱을 매만지며 대답했다."

"그래서 오늘 저녁 바로 결행이라고?"

"그래. 첫 타깃은 팬텀의 서열 10위 페레스 곤잘레스다."

그렇게, 대혁과 김의 첫 타깃은 결정되었다.

그리고 첫타겟은 깔끔하게 클리어됐다.

"……."

페르낭 그라비는 대혁의 연락을 받고 현장에 도착했다. 그리고 할 말을 잃었다.

장난처럼 쉽게 말했지만, 정말로 이토록 가볍게 팬텀의 서열 10위를 처리할 거라곤 생각도 못했다.

그가 언급한 '진짜' 배후도 궁금해지는 페르낭 그라비였다.

"자… 현장을 수습합시다. 마약은 모두 수거해서 당국에 넘기고… 블랙헌터들은 모두 나포하세요."

페르낭 그라비가 같이 출동한 헌터경관들에게 지시를 내렸다.

　　이 블랙헌터들은 모두 밴프라이즌으로 끌려갈것이었다.

　　지시를 하고, 허무한 표정으로 끌려가는 페레스 곤잘레스, 그리고 블랙헌터들을 보며 페르낭 그라비는 문득 전율을 느꼈다.

　　'우대혁… 저 남자라면 정말로 팬텀을 괴멸시킬지도.'

골렘의
장인 5

2. 암살과 박살

2. 암살과 박살

오전 11시.

장기투숙중인 그랜드 파크호텔의 침상.

대혁은 침상에 누운그대로 양손을 머리뒤에 놓고, 천장을 올려보며 생각에 빠져 있었다.

앞으로 벌어질, 치열한 전투에 대한 생각.

팬텀을 궤멸시킨다면 그 다음엔 다른 대륙으로 건너가야 하는건가?

레이쓰? 고스트? 그런놈들을 하나씩 다 잡아야 하는 건가?

지배자라는 에인드리온은?

그는 언제 나타나는가?

그는 어디에 위치하는가?

그를 쓰러뜨리면 정말 지구엔 평화가 돌아오는건가?

그를 쓰러뜨린 후에, 노바틱행성에서 길가메쉬가 그러했던 것처럼 자신에게 관리인 자격을 넘겨준다고 한다면 대혁은 어떻게 할 것인가?

관리인이 되어야 하나? 지구의?

대혁은 상념을 흩트렸다. 벌써부터, 망상에 젖어있을 필욘 없었다. 운이 좋아서 길가메쉬를 꺾었었다지만, 에인드리온도 호락호락하게 꺾을 수 있다는 보장은 없었다.

물론 대혁은 자신의 힘을 믿는다. 자신과 골렘들의 힘.

노바틱 행성에 있을때보다도 어쩌면, 더 강해질 수 있을지도 모른다.

골렘들만 따져놓고 보자면 아직 그때에 못미친다. 그때 가지고 있던 다양한 골렘들에 비하면 지금은 조족지혈에 불과하다.

하지만 조금씩 강해지고 있다. 여러 골렘들을 군단 형식으로 조직해가고 있다.

곧이어 완성될 '그 골렘'만 있으면 더욱 큰 힘이 될 것이다.

그리고 두 번째로 대혁의 신체능력.

기공술과 각종 박투술을 익혀가며 대혁은 직접 전투에조차 꽤나 능숙하게 변했다.

최근엔 골렘을 부르지 않고 오로지 신체능력만으로 몇

번의 싸움을 끝냈다.

팬텀의 일원이라는 페레스 곤잘레스를 상대로도 오직 주먹만 몇 번 휘둘러서 승리를 갈취했을 정도다.

물론 그 현장에선 김의 도움이 있었기 때문에 가능한 이야기였지만.

하여간 앞으로도 강해질 가능성은 얼마든지 열려있다.

방심할 필욘 없지만, 그렇다고 위축되어있을 필요도 없다.

에인드리온이 얼마나 강하다고 해도, 대혁이 그 이상 강해지면 될 일이다.

똑똑똑.

노크 소리가 들렸다. 대혁이 침상에서 몸을 일으켰다. 문쪽으로 걸어가는데 목소리가 들린다.

"계시죠?"

레이첼이었다. 그녀의 목소리를 들은게 며칠되지도 않았는데 꽤나 오랜만에 듣는 것처럼 느껴졌다.

문을 열자 레이첼의 밝은 얼굴이 있었다.

머리는 포니테일로 질끈 동여 메고 있었고, 핫팬츠와 시원한 크롭티 차림이었다.

살짝 살짝 보이는 그녀의 복근이 평소에 얼마나 관리를 쏟는지 알게 했다.

네츄럴한 섹시함이 돋보인다고 대혁은 생각했다.

"어쩐일이세요?"

대혁이 물었다.

"잠시, 드릴 것이 있어서…… 들어가도 될까요?"

대혁이 문 옆으로 비켜섰다. 들어서라는 이야기였다. 레이첼이 살짝 목례를 하고 안쪽으로 들어왔다.

대혁이 문을 닫았다.

레이첼은 협탁이 있는 곳으로 걸어가, 의자에 앉았다.

"아, 앉아도 되죠?"

"물론입니다."

레이첼이 테이블 위로 상자 몇 개를 올려놓았다. 대혁은 호기심에 가까이 걸어와 상자를 내려 보았다.

"요즘 바쁘시다면서요? 오빠에게 들었어요."

그녀의 오빠는 페르낭 그라비.

요 며칠 페르낭 그라비와도 계속해서 접촉했으니, 페르낭 그라비가 대혁에 대한 일거수일투족을 알고 있는 것은 당연했다.

그래도 시시콜콜 남에게 털어놓는 타입은 아니라고 생각했는데, 여동생에게는 약한 모양이었다.

"페르낭이 말했나 보군요. 입이 무거운 친구인줄 알았는데."

"아! 아니예요. 제가 물어봤어요."

"농담이에요."

대혁이 살풋 미소지으며 말했다. 레이첼은 세계적인 여배우답지 않게 인간적인 면모가 자주 엿보였다.

골렘의
장인 5

왜 세계적인 여배우하면, 늘 기계처럼 정해진 답변이나 표정만 보이면서 일정 빈도 이상은 감정을 내보이지 않을 것 같은 느낌이었는데 레이첼은 달랐다.

그녀에겐 생기발랄함이 엿보였다.

"이거, 치즈케익이랑, 몇가지 간식거리 좀 사왔어요. 달달한게 피로에 좋거든요."

레이첼이 말했다. 그녀가 테이블 위에 올려놓았던 박스와 봉지들이 주전부리들이었던 모양이다.

"고맙습니다. 잘 먹을게요."

대혁은 딱히 내어줄게 없었다. 그의 표정을 확인한 레이첼이 손사레를 쳤다.

"두 번씩이나 저를 구해주신 은인인데… 드릴 수 있는 게 이런 것밖에 없는게 죄송할뿐인 걸요."

"……"

"오히려 이렇게 드릴 수 있는 게 감사해요."

"그렇게 말해주니 고맙네요."

"지금 드셔볼래요?"

"그럼 맛만 볼까요?"

대혁이 케이크의 상자를 열었다. 풍미좋은 치즈케이크에 메이플시럽이 잔뜩 올라가 있는 수제케이크였다.

"맛있어요!"

스푼으로 케이크를 베어먹은 대혁이 말했다. 레이첼의 표정이 급격히 밝아졌다.

"그… 그래요?"

"네, 따로 사먹고 싶은 정도인 걸요?"

"그정도로요?"

"정말로요. 어디서 파는 건지 알려줄 수 있어요? 가끔 생각나면 사먹게요."

"그게… 생각나면 언제든지 말씀하세요. 제가 가져다 드릴게요."

"아뇨, 계속 민폐끼칠순 없죠. 말씀해주시며 제가 사다 먹을게요."

대혁이 계속 가게의 위치를 알려달라고 하자 레이첼은 결국 실토했다.

"그게, 사실…… 제가 직접 만든 케이크라 가게에선 팔지 않아요. 드시고 싶을 때 말씀해주시면 언제든지 만들어다 드릴게요."

"……아."

예상외의 대답에 대혁이 잠시 멈칫했다. 설마 그녀가 직접 만들어 오는 수고를 했을거라곤 생각하지 못한 탓이었다.

어색한 침묵을 뚫고 휘파람 소리가 들렸다. 두 사람의 고개가 그쪽으로 돌아갔다.

김이 샤워가운을 입고 샤워실에서 나오고 있었다.

"이게 무슨 광경이야? 한국 최고의 헌터와 헐리우드 최고의 여배우? 신선한 조합이긴 한데? 이대로 바로 찍어서

골렘의
장인 5

신문사에 보내면 바로 연예1면을 장식할 수 있을 것 같아! 크큭."

김이 너스레를 떨었다. 대혁이 못말리겠다는 듯 절레 절레 고개를 저었다. 반면에 이 호텔룸안에 대혁과 레이첼 단 둘만이 있는 줄 알았던 레이첼의 얼굴은 조금 붉게 물들었다.

"여, 오랜만이야. 레이첼."

"김……."

페르낭 그라비와 김은 오랜 친구다. 당연히 레이첼 역시 김의 얼굴을 알고 있었다.

능글거리길 좋아하는 김과 공부잘하는 모범생 타입이었던 레이첼은 그렇게 가까워지진 못했지만.

"오빠한테 얘기는 들었지? 요즘 대혁과 내가 같이 지낸다는거."

"응. 하지만 방까지 같이 쓸 줄은 몰랐어."

"어? 그 눈빛 뭐야? 이상하게 생각하는 건 아니지? 나는 절대적으로 여자를 좋아한다고."

레이첼이 뚫어지게 김을 쳐다보자 김이 양팔로 자신의 어깨를 감싸며 말했다.

"혹시 대혁이 그런 취향?"

김이 대혁을 쳐다보고 말했다. 대혁이 피식 웃었다.

"호들갑 떨지 마라. 네가 좋다고 달려든다면 네 엉덩이를 걷어차서 쫓아낼 사람이 나니까."

"봐, 대혁도 나도 건전한 이성애자야."

당황하는 건 레이첼 쪽이었다.

"어… 아, 아냐! 그런 의미가……."

대혁도 슬며시 장난기가 치밀었다. 그가 레이첼을 쳐다봤다.

"걱정하지 말아요."

"네… 네? 무슨 걱정을…?"

"저는 지구상에 여자가 모두 사라진다고 해도, 남자와는 동침을 안할 테니까요."

"아……."

그 말에 왜 인지 안도감을 찾는 레이첼이었다.

레이첼은 이내 고개 흔들었다.

'아니! 내가 왜 안도감을 갖는건데!'

레이첼이 자리에서 벌떡 일어났다.

"그럼 쉬는데 방해해서 미안해요. 저 먼저 일어나볼게요!"

"가시는 거예요? 조금 더 있다가 가시지. 지금 막 오셨잖아요."

"아, 저도 새로 들어온 대본 리딩도 좀 해봐야 하고… 매니저랑 스케줄 조율 해야할 것도있고 해서요."

"그렇겠군요. 하긴 세계적인 배우니까, 당연히 이해합니다."

대혁이 말했다. '세계적인 배우' 라는 칭호에 레이첼은 뭔가 어깨가 으쓱올라오는 기분이었다.

대혁이 자신을 좋게 봐주는건 기분이 좋았다.

"요 며칠 영화도 몇 편봤어요. '로마에서 일주일'은 정말 로맨틱 하던걸요? 트레비 분수앞에서의 재회장면은 보다가 찔끔 눈물도 흘릴뻔했어요."

"영화… 보셨군요."

분명히 대혁은 얼마 전까지만 해도 자신의 이름조차 몰랐다. 그런데 그 며칠사이에 영화까지 챙겨본것이다. 대혁을 향한 생각이나 감정이 마냥 일방통행은 아닌것같아서 레이첼은 손가락을 꼬물거리며 행복감을 느꼈다.

"아~ 뭐야 진짜."

둘 사이에 흐르는 묘한 기류에 김은 궁시렁 거리며 치즈케이크를 퍼 먹었다.

"이거 뭐야? 맛있네."

"아, 제가 가져온건데… 나눠 먹어…."

"뭐야, 그 표정? 나눠먹으라는 표정이 절대 아닌데? 에이, 드러워서 안 먹는다!"

김은 스푼을 내려놓고 입맛을 쩝쩝 다셨다.

"마지막으로 한입만 더 먹고."

김은 스푼을 들고 다시 케이크를 크게 한입 퍼먹었다. 그러다가 목에 걸려 사레가 들었는지 쿨럭 댄다. 대혁은 김의 등을 두드려줬다.

"천천히 먹어."

레이첼이 살짝 고개를 숙였다.

"저 그럼 정말로 가볼게요. 다음에…."

"다음에, 정말로 또 케이크 부탁해도 될까요?"

대혁이 레이첼의 말을 가로챘다. 그 세심함에 레이첼의 표정이 살짝 밝아졌다.

"네! 물론이에요."

레이첼이 호텔을 나갔다. 대혁은 문 앞까지 나갔다가 다시 룸으로 들어왔다.

김이 여전히 궁시렁 거리며 레이첼이 싸온 주전부리들을 입안으로 밀어넣고 있었다.

"천천히 먹으라니까."

"……."

입안이 가득차 김은 대답도 잠시 미뤄야 했다.

한참을 우물거려 입안에 있는 내용물을 다 삼킨 김이 말했다.

"다음은 누구야? 벌써 생각해뒀지?"

"누굴 것 같아?"

"글쎄. 니 속을 어떻게 알겠어? 내가 웬만한 인간들의 심리파악은 척하면 척인데. 니 속은 모르겠단 말이지. 이 속이 시커먼 놈아!"

"본인이 사람 보는 눈이 없는걸 남의 탓으로 돌리는군."

대혁이 어깨를 으쓱하곤 의자에 앉았다.

"얘기했던대로 차근 차근, 뉴욕에서 가까운 놈들부터 처리할거야."

"뉴욕이라면 벌써 용의선상이 꽤 줄어드는군."

대혁이 고개를 끄덕였다.

"콜렉터가 준 정보에도 팬텀의 top3에 대한 정보는 없었어. 그들이 그 만큼 잘 숨어 있단 거겠지."

"응."

"이번엔 그 녀석들의 바로 밑에 있는 놈이 목표야."

"…넘버 포, 로드 어쌔신… 그녀를 말하는 거야?"

대혁이 고개를 끄덕였다. 김이 하! 하고 놀람이 섞인 짧은 웃음소리를 냈다.

"역시 종잡을 수가 없어."

로드 어쌔신.

top에 오른 것은 팬텀의 리더가 전폭적으로 보내는 총애 때문이라는 소리도 있지만, 사실 그녀의 무력도 약한 것은 아니다.

특히 어둠과 함께라면 무시무시한 위력을 발한다.

"오히려 리더보다도 더 도망갈지도 모르는 여잔데?"

"자신 없어?"

"아니. 졸라 자신있어."

김이 자신만만하게 말했다.

대혁이 만족스럽게 고개를 끄덕였다.

대혁은 의자에 깊게 몸을 파묻었다.

팬텀의 일원들을 모두 잡기전에, 그들의 리더가 일을 터뜨릴 것이 분명하다.

포식자 글러트니를 탈옥시키는 일.

어떤 방식이 될진 모르지만, 그 일이 벌어진다면 대혁에게 미칠 반작용도 생각해야 한다.

어쨌든 앰플스톤을 입수하는 게 현 최대목표니까.

◆

대혁은 뉴욕외곽을 돌았다. 콜렉터라고 해서 모든 정보를 단 하나의 오차도 없이

정밀하게 가지고 있는 건 아니었다. 그 중에서도 '레이디 어쌔신'에 관한 건 좀 심했다.

레이디 어쌔신은 절대 한 곳에 머물지 않았다.

이름의 특성을 반영해, 절대로 한곳에 머물거나 하지 않는 모양이었다.

콜렉터가 제시한 수십 곳의 장소에서, 레이디 어쌔신이 있는 장소를 특정하기란 여간 어려운 일이아니었다.

"아~ 이거. 이미 소문 돌아서 어디 숨은 거 아냐?

"그럴지도 모르지."

"그럼 어떻게 해?"

"언제까지 숨어있을린 없을 테다. 아마…… 놈들의 목적이 정말 포식자의 탈옥이라면."

"그건 그렇지."

렌트한 차는 김이 운전했다. 구형 아우디 A4모델이었다. 세번째, 장소에서 허탕을 치고 돌아나오는 길에 푸드트럭이 보였다. 신선한 양상추를 비롯한 채소와, 두툼한 패티나 소세지를 넣어 만든 샌드위치를 파는 푸드트럭이었다.

대혁과 김은 샌드위치로 끼니를 때우기로 했다.

샌드위치를 하나씩 사서, 주변 아무데나 걸터 앉았다.

김은 샌드위치를 크게 한입 베어물었다.

다람쥐처럼 불룩 튀어나온 볼.

샌드위치를 우물거리면서 김이 말했다.

"뭔가 좋은 방법이 없을까?"

대혁은 샌드위치와 함께 산 레몬에이드를 벌컥 마시고 답했다.

"간단한 방법이야 있지."

"뭔데?"

대혁은 주위를 둘러봤다. 사람이 꽤 많았다.

"여기선 좀 그렇고. 우선 밥 다먹으면 보여줄게."

김은 조용히 샌드위치를 흡입하기 시작했다. 대혁도 크게 크게 한입씩 샌드위치를 먹어치웠다. 둘은 금세 식사를 마쳤다.

남은 음료도 원샷했다. 샌드위치 포장지와 1회용 음료컵을 근처 쓰레기통에 버린 둘은 차에 올랐다.

"인적이 좀 드문곳으로 움직여봐."

대혁이 말했다. 김이 의심스러운 표정을 지었다. 대혁을 보는 눈을 동그랗게 뜨고 자신의 몸을, 자신의 팔로 감싸안는다.

연기가 얼마나 출중한지, 목소리까지 가늘게 떨려나온다.

"호, 혹시 뭐, 이상한짓 하려는 거 아니지?"

"……."

대혁은 씁정색으로 받았다.

"에이, 산통 다깨지게. 핑퐁식으로 좀 받아주면 덧나나?"

김이 투덜거리면서 차에 시동을 걸었다. 악셀을 밟아 천천히 차를 움직였다.

목적지는 인적이 없는 곳. 도로를 타고 움직였다.

머지않아 인적이 드문곳이 나타났다. 사실 미국한복판에서 인적드문곳이야 찾기 어려운 게 아니었다.

한국처럼 좁은 땅 덩어리가 아니었으니까.

"저 쪽으로 차 대봐."

김은 대혁의 말에 따라 차를 조금 가생이에 가져다 댔다. 대혁과 김이 차에 내렸다.

"자, 이제 우리의 히어로께서 뭘 하려고 이쪽으로 날 데리고 왔는지 한 번 볼까?"

"……."

대혁은 안쪽으로 몇 발자국 더 걸어들어갔다. 도로변에서 보이지 않을 정도까지.

김이 얌전히 뒤 따라 들어왔다. 김은 대혁에게 매우 협조적이었다.

그 껄렁해보이는 외모와는 정 반대로, 김은 yes맨 타입이었다. 제안에 대해 바로 수긍하고, 반항적인 외모와는 달리 순종적이다.

외모는 그럼 뭘까?

가지고 싶은 성격에 대한 표출일까?

잡생각은 밀어두고 대혁은 조용히 입을 열었다.

"파쿨타템."

그 명령어에 따라, 공간이 이지러지기 시작한다. 아공간의 보고. 파쿨타템이 아지렁이처럼 영역을 일그러 뜨리더니, 아가리를 쩌억 벌렸다.

"휘유~ 그게 그건가?"

김이 뒤에서 휘파람을 불렀다.

김도 파쿨타템은 처음 보는 것이었다. 그는 팔짱을 끼고 대혁이 하는양을 얌전히 감상했다.

사실 김이 그렇게 순종적인 성격이어서 대혁을 잘 따른 것은 아니다.

요 며칠간, 대혁과 함께지내면서 김인 대혁을 믿어도 될 만한 사람으로 분류했다.

좀 과묵한 성격에, 때때로 시리어스 한면도 있다. 그러나 블랙코미디 같은것도 잘 던지며, 배신이라곤 절대 안할 것

같은 믿음직한 면모.

그게 김이 본 대혁의 모습이었다.

짧은 시간이었지만, 신뢰를 나누고 동료가 되기엔 충분한 시간이었다.

"나오너라."

대혁이 다시 말했다. 칙칙하고 음산한 기운을 뿌리는 파쿨타템 안으로부터, 무언가가 걸어나오기 시작했다.

김은 끼고있던 팔짱을 풀었다.

입도 살짝이지만 헤-하고 벌어졌다.

어렸을 때, 만화영화에서 보던 로봇들. 비록 조금 축소된, 2m정도의 크기였지만 그런 로봇같은 것들이 걸어나오고 있었다.

'저게 골렘. 저걸로 레버넌트를 괴멸시켰다지. 우대혁의 진정한 능력.'

골렘을 영상으로 몇 번 본적은 있다.

하지만 눈 앞에서 실물을 구경하는 것은 처음이었다. 그간 대혁은 '골렘'이 아니라 일신의 무력으로만 싸워왔다.

그것만으로도 대혁의 실력은 웬만한 S급 랭커들 서넛은 그냥 찜쪄먹을정도로 막강했다.

김은 솔직히 말해, 대혁이 골렘에만 의존하는 타입인줄 알았다.

마법사 타입들이 으레 그러하듯, 마법이 없으면 허약체질이라고 생각한 것이다.

하지만 우대혁은 육박전 또한 매우 강했다.

그래서 골렘을 구경할 기회조차 없었는데, 오늘 그 골렘을 처음 보게 된 것이다.

'상상이상으로 범용도가 높은 기술. 탑승도 가능하고, 자율적전투도 가능하다지. 개체 하나하나가 A급헌터 이상이기도 하고.'

김은 자신의 능력에 대한 자부심이 있었다.

타켓팅 폭발능력.

시야에 닿는 범위 안에서, 혹은 좌표값이 설정되어 있다면 상상을 뛰어넘는 거리에서도 '폭발'의 예술이 가능하다.

그 최대 위력은 어느정도인지 김조차도 몰랐다. 다만 그의 능력을 본 헌터들은 그 능력이 전술형 '핵'에 맞먹는다고 하여 김의 닉네임을 뉴클리어로 지었을 정도다.

그런 '핵'의 남자 김이 보기에도 골렘을 다루는 능력은 탁월하고 희귀하다.

김은 호기심이 많았다.

그런 호기심은 그를 최강의 헌터 중 하나라는 위치에 올려놓았다.

골렘을 부리는 대혁의 능력은, 그의 호기심을 강하게 자극했다.

"이제 이걸로 어떡할 셈이지?"

파쿨타템에서 골렘들이 일렬로 걸어나왔다.

마치 제식을 맞춘 군인들이 퍼레이드를 하는 것처럼, 한 치의 오차도 없는 정밀한 모습이었다.

파쿨타템에서 나온 골렘은 착착 움직여 정렬하기 시작했다.

5오 횡대로 늘어선 골렘의 숫자가 30여기.

30여기의 골렘이 나오자 대혁은 손가락을 따악 튕겼다.

"이 정도면 될 것 같군."

"저 안에 아직도 공간이 남았어? 뭔가 더 있을 것처럼 말하는데."

"궁금한가?"

"응."

"지금 나온 골렘들의 1000배도 넘는 수가 들어가도 모자람이 없을 정도로 자리가 있지."

"허… 헐."

그것참 신기한 구녕이라고 생각하는 김이었다.

"공간마법… 뭐 그런식으로 이루어져 있는 건가?"

"비슷하다. 다만 내부가 타차원과 연결되어 있다는 게 조금 특별한 점이지."

"별게 다 있구나."

김은 고개를 주억거렸다.

김은 이번엔 골렘 가까이 걸어가봤다.

마치 세차를 한 자동차처럼, 골렘들은 하나같이 광이 반 딱반딱 났다.

김은 손가락으로 골렘의 몸체를 눌러보며 말했다.

"이거…… 기름칠도 따로 해주고 왁스칠 같은 것도 해 줘?"

"전혀."

"근데, 드럽게 깨끗하네."

"아직 모의전도 안해본 녀석들이니."

"재질은 뭐지?"

"골렘에 따라 다르다."

"흠….'

턱매를 만지작 거린 김이 뒤로 두어걸음 물러섰다.

쇠로만든 마네킹같기도 하고, 로봇같기도하고 아리송한 모습의 골렘들.

이런 게 움직인다는 게 신기했다.

"이제, 이걸로 뭘 어떻게 하겠다는 소리야?"

"지금 레이디 어쌔신이 있을 거라고 생각하는 곳에 전부 보내볼 예정이다."

"아하! 그거 말이되는군. 그럼 우리가 굳이 한곳씩 돌아 다니면서 헛걸음할 필요도 없겠어!"

김이 손바닥을 펼쳐놓고, 자신의 주먹을 쳤다.

그러다가 고개를 갸웃했다.

"그런데…… 이것들 걷는 속도가 그렇게 빠른가? 뛰어서 간다고 해도 너무 느릴 것 같은데."

"날아서 갈 거니까 상관없어."

대혁의 말이 끝남과 동시에, 골렘들에게 부착되어 있는 추진장치가 가동되기 시작했다.

위이이이잉!

<u>츠츠츠츠츠!</u>

여기에 정렬해 있는 30기의 골렘은 모두 다, 골렘수트처럼 추진장치가 부착되어 비행히 가능한 골렘들.

대혁은 드론 타입(Drone type)이라고 부르는 녀석들이었다.

골렘의 동체가 지상으로부터 이격되어 떠오르기 시작했다.

"한시간 정도면… 충분하지 않을까 싶어. 콜렉터의 정보만 확실한 거라면."

김이 입을 헤 벌렸다. 그는 수긍의 의미로 고개를 끄덕거렸다.

◆

레이디 어쌔신.

밤의 사냥꾼. 죽음의 전도사.

블랙헌터 가운데서도, 암살에 있어서는 가장 능하다고 평가받는 여자였다.

그런 그녀의 평소 모습은 놀랍게도, 삼십대초반의 능력 있는 커리어우먼.

소규모지만 실적이 좋은 사모펀드의 애널리스트, 그 중에서도 대표이사 직함을 맡고 있을 거라고 짐작하는 사람은 아무도 없었다. 심지어 이 사실은 콜렉터조차 모르는 이야기였다.

월가의 중심거리.

외벽을 온통 유리로만 마감한 커튼월 오피스 20층부터 25층까지는, 전부 그녀의 회사가 입주해서 사용하고 있다.

대표이사실.

뇌쇄적으로 보이는 여자가 머리를 단정히 질끈 동여매고, 농염한 몸매윤곽이 보이는 오피스룩을 입고 있다.

그녀가 바로 레이디 어쌔신, 마고 그란데. 그녀의 예쁜 얼굴이, 무참히 일그러져 있었다.

"이…… 런……."

그녀의 거처는 뉴욕에만 20곳이 넘는다.

그곳들이 지금, 동시에 불타고 있었다.

사실 그 집들이 어떻게 불타건, 마고 그란데에게는 큰 상관이 없었다.

집이야 타던말던 다시 사면 그만이다.

그러나…… 그 중 한곳에 있는 '물건'이 문제였다.

"치잇."

엊그제 '페레스 곤잘레스'가 당했다는 이야기를 접했다.

덧붙여 '조심하라'는 이야기까지 함께 들었다.

나름 경계태세를 높혀야겠다고 생각한 마고 그란데.

하지만 마고 그란데는 설마 그 다음 차례가 자신 일거라 곤 생각도 못했다.

마고 그란데가 벌떡 자리에서 일어났다.

캐비넷으로 뚜벅 뚜벅 걸어간, 그녀가 문을 잡아 열었다.

캐비넷 안에 있는, 마고 그란데의 코스춤.

밤고양이처럼 검고 윤택이 나는 재질로 만들어진 이 옷은, 3티어 던전에서 나오는 다크 타이거의 가죽을 장인의 손길로 무두질해, 가볍고 얇지만, 웬만한 갑옷 이상의 방어력을 갖추고 있다.

마고그란데가 오피스룩을 벗었다. 육감적인 몸매가 드러났다. 볼륨감 있는 가슴과, 엉덩이. 잘록한 허리.

자신의 코스춤으로 옷을 갈아입은 그란데는 혀로 입술을 축였다.

"그 이름이 우대혁이라고 했지? 절정을 맛보게 해줄게."

창밖으로, 마침 해도 저물고 있었다.

지금부터는, 마고 그란데의 시간이다.

◆

"어이. 정말 이걸로 되겠어? 이렇게 기다리기만 해서?"

"호랑이굴에 연기를 피워놓고 기다리면, 호랑이가 굴에서 나온다. 우리는 나오는 호랑이를 잡기만 하면 돼."

"괜히 호랑이 성질만 긁어놓는거 아니고?"

"경우에 따라선 더 사납고 포악해진 호랑이를 상대해야
할 수도 있겠지."

"으…."

그렇게 대화는 하고 있었지만, 대혁과 김 둘다 어느정도
여유가 있었다.

대화를 하던도중 대혁이 갑자기 손을 들어올렸다.

김이 입을 다물었다. 대혁은 눈을 감고 무언가에 집중했
다.

잠시후, 대혁의 입이 열렸다.

"양반은 못되나? 나왔군."

대혁이 입꼬리를 말아올렸다.

그는 지금, 30여기의 골렘들을 직접 통제하고 있었다.

그리고 그 중 한 장소에, 마고 그란데가 걸려들었다.

◆

뉴욕 근교, 롱아일랜드 햄튼.

뉴욕에서도 부촌중 한 곳으로 인정받는 도시로 저층의
대저택들이 줄지어 늘어 서 있고, 맑은 날씨와, 풍요로운
자연풍광으로 각광을 받는 휴양지개념의 도시였다.

여름이면, 각계의 상류층들이 모여드는 도시.

레이디 어쌔신 마고 그란데는, 바로 롱아일랜드 햄튼에 있는 저택에 모습을 드러냈다.

"어딘데?"

"롱아일랜드."

"롱아일랜드? 마침 멀지 않은 거리네. 빨리 가자! 차에 타!"

김이 외쳤다.

빠릿 빠릿하게 움직여서 운전석에 오르고, 키를 넣고 시동을 걸었다.

운전대에 손을 얹고 액셀레이터에 발을 올렸다.

언제든 출발할 수 있게 준비를 끝내는데는 10초도 걸리지 않았다.

그런데…….

"대혁?"

대혁이 타지 않는다. 김은 창을 내렸다. 차창밖으로 고개만 쏙 내민 김이 의아한 표정으로 대혁을 불렀다.

"대혁!"

"왜?"

"안 타?"

"왜 타?"

"타야 가지."

"안 타고도 간다."

대혁은 다시 '파쿨타템'을 열었다. 그의 명령어에 파쿨타템이 공간을 일그러뜨리며 시커먼 입구를 열었다.

"……."

김은 대혁이 뭘 위해서 그러는지 의뭉스러운 표정을 지었다.

대혁은 담담한 표정으로 입을 열었다. 파쿨타템 안 쪽을 향해서였다.

"나와라."

쿵.

쿵.

위압적인 질량을 가진 물체의 걸음에 따라, 압박적인 소리가 난다.

바로 골렘.

다시, 골렘 한 기가 걸어나온다. 그런데 아까 골렘보단 덩치가 좀 더 크다.

일반 양산골렘과 타이탄 골렘의 중간 정도 되어보이는 크기.

3m정도.

일반 골렘보다 덩치만 클뿐 아니라 뭔가 화려했다. 외부 마감도 그렇고, 종전의 골렘보다 한층 업그레이드 한 느낌의 골렘이다. 김이 고개를 갸웃했다.

"갑자기 골렘을 왜 또 꺼내지……?"

"보면 알아."

대혁은 짧게 대답했다.

파쿨타템으로 부터 걸어나온 골렘은 척척 걸어서 대혁의 앞에 섰다.

대혁이 툭, 골렘을 건드리자 무릎을 꿇어 자세를 낮춘다.

기이이잉-!

예의 특유의 가동소리가 들렸다. 그리고.

철컥.철컥.

위이이잉,

치이이익- 철컥!

골렘의 가슴팍이 열렸다. 유격 하나 없이 한 몸체같던 골렘이 신기하게도 벌어지며 내부를 드러낸다.

이 광경 역시 김은 처음 보는 것이었다.

SF영화의 한 장면을 보는 것처럼, 김은 대혁이 무엇을 하려는 건지 유심히 지켜봤다.

골렘의 안쪽은, 마치 전투기의 콕핏(조종석)처럼 생겼다.

그곳이 바로 대혁이 앉아, 골렘을 조종할 자리였다.

김이 떠듬거리며 입을 열었다.

"……어? 설마……."

대혁이 천천히 골렘에 올랐다.

위이잉- 거리는 소리와 함께 무릎을 꿇고 있던 골렘이 동체를 세웠다.

철컥 거리며 패널들이 닫히기 시작한다, 대혁의 얼굴부위,

패널이 닫히기 직전 대혁이 찡긋 윙크를 날렸다.

"먼저 가 있을 테니 천천히 따라오라고."

철컥.

그 말과 함께 안면부의 패널도 닫혔다.

무표정한 강철의 얼굴, 그 눈에서 푸른 안광이 켜졌다.

그리고 추진장치가 가동한다.

콰과과과과과과―!

마치 로켓이 분사하며 떠오르듯이, 골렘은 연기와 함께 흙먼지를 일으키며 날쎄게 솟아올랐다.

파앙 ―파앙!

곧 대기권을 돌파한 골렘은, 펑펑 거리며 롱아일랜드 쪽으로 발진했다.

골렘은 곧 음속을 뚫으며 소닉붐을 일으켰다. 흡사 제트기가 날아가는 모습과도 비슷했다.

흰 제트운을 꼬리로 남기며, 골렘이 곧 시야에서 사라졌다.

"저런 XXXX!"

자신을 남기고 간 대혁을 욕하며, 김도 서둘러 액셀을 밟았다.

구형 A4가, 대혁의 골렘과는 달리 달팽이처럼 도로를 달려 롱아일랜드로 향했다.

롱아일랜드 상공.

햄튼 비치에서 얼마 멀지 않은 곳에 자리잡은, 마고 그란데의 대저택.

대혁은, 밑에서 올려보면 절대 보이지 않는 압도적인 고도에서 대저택을 내려봤다.

거리가 먼 것은 위나 아래나 마찬가지였지만, 대혁은 대저택을 샅샅이 뜯어볼 수 있었다.

마치 초고배율 망원경을 쓴것처럼, 줌이 땡겨지며, 대저택의 모습이 크게 확대되었다.

삐비비비-

비프음같은 소리를 내며, 내장되어 있는 탐지기가 가동했다.

"숨었나?"

마치 대낮처럼 칠야를 꿰뚫어 보는게 가능했지만, 마고 그란데의 흔적은 보이지 않았다.

"……."

마고 그란데 뿐만이 아니었다.

저택을 훼손해, 마고 그란데를 유인했던 골렘. 그 골렘 역시 감지되지 않았다.

대혁이 미처 깨닫기도 전에 당한게 분명했다.

"결국 호랑이를 잡기 위해선, 호랑이 굴로 들어가야

한다는 거겠지."

대혁 역시 전투를 위한 몇가지 준비는 끝낸 상황이었다.
이 상황에서 구태여 돌아가거나, 도망갈 필요는 없다.

대혁의 골렘이 천천히 하강하기 시작했다.

스스스스.

대기권.

구름을 통과해, 마고 그란데의 대저택을 향해 하강하는
데, 그 구름들이 움직이며 뭉치기 시작했다.

구름뿐만이 아니다.

물방울 알갱이들까지 모여들기 시작했다.

"……이건?"

정상적인 흐름이 아니다. 대혁은 경각심을 가졌다.

플라즈마 분사장치를 이용해, 이 이상기류에서 벗어나려
고 했다.

순간, 멀쩡한 허공에서 소용돌이처럼 거센 기류가 일었
다.

그 기류의 흐름이 대혁의 골렘을 잡아챘다.

"흠!"

출력을 올렸다.

하지만, 안 쪽에서 무언가가 끌어당기는 것처럼, 쉽게 벗
어날 순 없었다.

대혁이 소용돌이의 안쪽을 보았다.

그 쪽이 흐름의 '핵'이 있는 것이 느껴졌다.

"모조리 기화시켜주지."

양 쪽 어깨 패널이 열렸다.

어깨에서 나온 화염방사기가, 허공에 거센 불길을 토해 냈다.

뿜어진 초고온의 화마.

화르르르르르륵-!

화염의 열기에, 물방울들이 기화하기 시작했다.

대혁을 잡아끄는 기류의 흐름도 약해졌다. 대혁은 그 틈을 타서 플라즈마 추진장치를 최대출력으로 분사했다.

퍼-엉!

순간 소닉붐이 일었다.

하늘로부터 지상으로 벼락이 내리 꽂히듯, 골렘에 탑승한 대혁의 몸이 땅에 찍히듯 떨어졌다.

콰-앙!

무게가 제법 나가는 골렘이 떨어진만큼, 거대한 충격음이 지축을 뒤흔들었다.

돌파편이 튀어나가고, 먼지가 와락 불어났다.

대혁이 떨어진 자리에는 커다란 크레이터(구덩이)가 파였다.

위이잉.

희뿌연 먼지 속에서, 골렘의 안광이 형형히 빛났다.

대혁이 탑승한 골렘은 가뿐하게 움직여 크레이터를 벗어났다.

"……."

크레이터를 빠져나오자 마자 보인것은, 두 명의 인영.

그 중 여체를 가지고 있는 인영이 대혁을 보며 반갑게 인사했다.

"안녕? 터프가이. 이름은 우대혁… 맞지?"

뇌쇄적인 몸매의 윤곽이 그대로 드러나는, 쫙 달라붙는 옷.

그리고 농염함이 뚝뚝 묻어떨어지는 간드러지는 목소리.

바로… 마고 그란데.

"이미 알고 있겠지만, 숙녀의 이름은 마고 그란데. 반가워."

마고 그란데는 웃으며, 옆에 서 있는 사람도 소개했다.

"이 쪽은 하이스트림(High stream). '흐르는 것'이라면 뭐든지 마음대로 조종할 수 있는 사내야. 팬텀의 자랑 중 하나이기도 하지."

대혁은 마고 그란데의 옆, 그녀가 소개하는 남자에게로 시선을 옮겼다.

유약하게 생긴 외모, 남자치고 긴 머리.

머리는 푸른색으로 염색하고 있다. 눈과 입이 모두 반달처럼 휘어져 있다.

웃는 인상이지만, 전혀 웃는 것처럼 보이지 않았다.

그가 손가락을 세워 원을 그린다.

그 손짓에 따라 물방울과, 기류가 뒤 따라움직인다.

'흐름을 조종한다.'

그게 무슨말인지 알 것 같았다.

"저 위에서 날 공격한게 이녀석이었던 모양이군."

대혁이 손을 들어올렸다

골렘의 거대한 손바닥이 펼쳐지며, 손의 중앙에있는 플라즈마 분사장치에 빠르게 에너지가 응집되고, 분출한다.

퍼-엉!

일직선으로 뻗어나간 에너지의 줄기가, 보이지 않는 막에 가로막혔다.

하이스트림을 노렸던 공격이 허무하게 무위로 돌아갔다.

"어머? 급하기도 해라! 오늘 밤은 천천히 즐겨야지. 너무 급한 거 아냐?"

마고 그란데가 키득거리면서 웃었다. 그녀는 악단의 지휘자처럼, 손을 세워 흐늘거리며 움직였다.

"뭔가 , 짜릿해."

자신의 몸을 움켜안는다.

그리고 그녀의 시선이 뒤편, 대저택의 옥상으로 향한다.

대혁의 시선도 그녀를 따라 움직였다.

옥상의 위쪽에 걸터앉아 있는 소녀가 보였다.

"교란과 방어. 단절. 어느 쪽이든 가능한 만능 결계술사. 귀여운 외모와 어울리지 않지만 우리는 '박스'라고 불러."

"……."

대혁은 잠자코 그녀의 설명을 들었다. 레이디 어쌔신을 낚시질한것은 자신이라고 생각했는데, 그 반대였다. 레이디 어쌔신은 언제든지 대혁이 덤비길 기다리고 있었던 모양이다.

솔직히, 이 정도로 준비를 철저히 하고 있을지는 몰랐다.

대혁이 잠시 아무런 반응도 보이지 않자, 레이디 어쌔신은 그 모습이 상당히 마음에 들었는지, 춤을 추듯이 움직였다.

콧노래를 부르며, 스텝을 밟은 그녀가 키득거리는 웃음소리와 함께 다시 말을 이었다.

"킥킥! 그 강철껍떼기 밑에 얼굴이 보고 싶은 걸? 또, 소개해 줄 사람이 더 있어! 이런 재밌는 건, 함께 즐길수록 더 유쾌한 법이잖아?"

그녀의 얼굴은, 흥분으로 달아올라 있었다.

붉고, 자그마한 입술이 조그맣게 달싹거린다.

"나와."

마고 그란데의 짤막한 말과 함께 땅이 흔들리기 시작했다.

쿵! 쿵! 쿵! 쿵!

뒤쪽이다. 마치 코뿔소가 달려드는 것처럼 강맹한 기운이 느껴졌다.

대혁은 뒷쪽에 한기를 느낌과 동시에 몸을 돌렸다.

대혁과 거의 비슷한덩치의 '인간' 이 달려들었다.

그 놈이 달려드는 기세를 멈추지 않고 어깨로 대혁을 들이받았다.

터----엉!

1t이 가뿐히 넘는 골렘의 몸체가 허공으로 떠오른다.

"큭!"

그 충격이 골렘의 충격흡수를 넘어 대혁의 육체에까지 직접 전해져 올 정도였다.

마치, 공룡이 들이받기라도 한 것 같다.

골렘의 몸체가 수십미터를 뒤로날았다. 대혁은 플라즈마 분사장치를 이용해, 나가떨어지는 것만은 면했다.

그의 몸이 천천히 땅으로 내려앉았다.

"오오~! 생각보다 더 단단하구나! 놀라워, 솔직히 조금 감탄했어."

마고 그란데는 어린 아이처럼 즐거워했다.

대혁은 시선을 돌렸다. 자신이 서 있던 곳.

그곳에 놈이 서 있다.

대쉬와, 어깨차징만으로 골렘을 수십 미터 날려버린 놈.

인간과 비슷하지만, 인간이라기엔 지나치게 큰 몸과, 약간은 기괴한 생김새.

통나무같이 두꺼운 팔다리와, 바윗덩어리같이 단단해보이는 몸을 가지고있다.

"그랄! 위대한 오크부족 '검은송곳니' 의 부족장이지.

우리와 함께하게 된건 얼마 안됐지만… 그 힘은…. 하!"

오르가즘을 느끼기라도 하는것처럼 마고 그란데가 몸을 부르르 떨었다.

"짜릿할 정도야!"

흥! 흥!

그랄이 자신의 무기인 워해머를 위협적으로 허공에 돌렸다.

'오크……'

타행성의 이주민 '놀람'인 모양이었다.

노바틱행성에도 오크나 엘프, 드워프같은 아인은 많았다.

대혁은 잠시 머리를 짚었다. 이렇게나 자신을 반겨줄지는 몰랐다.

"큭… 큭큭… 크크크크."

실소가 흘러나왔다. 마고 그란데 뿐이 아니다. 신체가 짜릿하게 전율하고 있는 건 대혁 역시 마찬가지였다. 팬텀의 인원이 몇이나 이 장소에 적으로 마주고서고 있다는 것은 대혁에게 큰 문제가 아니었다.

직면한 거대한 전투 앞에, 대혁은 모종의 흥분을 느끼고 있었다.

지구로 돌아와서는 처음이다.

노바틱행성까지 포함하면 얼마만의 전투일까?

힘을 제대로 발휘해야 할 것 같은 '진짜 전투는'.

"어때?"

"아아… 제법이었어."

"인정해 주는 거야? 고맙네!"

마고 그란데는 자신의 허리춤에서 단검을 뽑아들었다.

달빛을 받아 예리하게 빛나는 날을 혓바닥으로 핥아올린다.

"혹시나…… 일대 다수였다고 죽어서 원망하는 일 없기? 그만큼 널 인정해줘서 모인 거니까, 좋게 생각해."

대혁은 피식 웃었다.

"그럴 일은 절대 없어."

대혁이 하늘을 향해 양손을 뻗어올렸다. 아무런 의미없는 퍼포먼스였지만, 절묘하게도 그 손짓과 맞물려 천둥소리같은 것이 들리기 시작했다.

소리의 진원은 허공이었다.

쿠콰콰콰콰!

허공에, 모여든다.

은빛의 기체들.

일견 성스러워 보이기 까지하는, 허공을 나는 은갑의 골렘들.

뉴욕전역에 파견을 보냈던 드론 타입 골렘이다.

그 골렘들이 속속 저택의 상공으로 모습을 드러내기 시작했다.

골렘들의 등장에 표정이 경직되기 시작한건 마고 그란데

를 비롯한 팬텀의 일원들이었다.

"나도 혼자가 아니거든."

대혁이 웃음기 서린 목소리로 말했다.

◆

"암살이란거. 상대도 모르게 상대의 목숨을 뺏는다는 거 참 짜릿한 일이야. 왜 죽는지도 모르고 눈에 물음표를 띄운 채 죽어가는 모습을 감상하는 건 내게 자극을 주거든."

콰과과과!

골렘들이 포위하듯이 저택의 허공을 점령하고 있었다. 골렘의 추진장치가 분사되며 나는 소음이, 천둥처럼 울리며 저택 전체를 덮었다.

그 가운데, 마고 그란데가 입을 열었다. 골렘의 소음에 비하면 한 없이 작은 목소리였지만, 목소리는 비교적 또렷하게 전달되었다.

그녀는 경직되었던 표정을 풀고 어느덧 여유를 제법 되찾은 것처럼 보였다.

단검을 쉭쉭 허공에서 몇 차례 움직여본 마고 그란데가 말을 이었다.

"암살에도 여러 방법이 있어. 멀리서 볼트로 머리통을 뚫어버린다거나, 독을 이용해서 중독시킨다거나, 요지는 상대가 모르게 죽인다는 거야. 하지만 내가 가장 좋아하는 방법은 이 칼로 상대를 조금씩 난도질해 죽이는 거야. 근육을 가르고 그 안에 있는 힘줄과 혈관을 조금씩 잘라내는 거지. 조금씩. 조금씩. 상대가 자신의 죽음을 감상할 수 있는 충분한 시간을 제공하면서 말야."

"근데?"

대혁이 퉁명스럽게 되물었다.

"알면서도 죽어간다는 게 얼마나 고통스러운지 모르는 구나?"

"씹소리가 오지는군."

"……."

"하. 죽음의 예술을 경시하는 아이들을 볼 때면 안타까워. 오늘 내가 그 절정을 알고 찬미할 수 있게 도와줄게… 아! 넌 죽어가면서 느낄테니 그 오르가즘의 시간이 짧으려나? 그건 참 안됐어!"

"헛소리."

마고 그란데는 몸을 배배꼬았다. 그녀는 추억을 상기하듯이 시선을 먼 곳으로 뒀다.

그녀의 입에서 술술 과거의 기억이 흘러나온다.

"2년전 샌프란시스코였지. 협회주재의 대회의였나? 그런걸 하려고 전세계의 헌터들이 모인적이 있어. 그때… 한창 골칫덩이였던 더 노블원의 비숍급 S랭크 7명을 동시에 암살한 적이 있었어."

더 노블원.

유럽연합의 다국적길드로 유럽대륙 최강으로 군림하고 있는 길드다.

더 노블원에서 비숍급이라면, 타 대형길드에서도 능히 길드마스터의 직책을 맡을 수 있는 자들이다.

그 길드원 7명을 동시에 상대해서, 승부에서 이겼다는 것은, 비록 암살이라고 할지라도 마고 그란데의 실력이 어느정도인지 알게 하는 대목이다.

당시!

전세계적는 충격이 휩싸였었다.

더 노블원에서도 비숍급은 10명밖에 안된다. 그 과반인 7명이 죽었으니 충격일 수밖에.

"내게는 가장 전율한 순간중 하나였지. 그때는 정말, 며칠밤을 그 암살의 기쁨에 도취되었었는지도 몰라! 최고였거든!"

"잡소리면 이쯤하면 충분히 한 것같은데 시작 해 볼까?"

대혁이 무뚝둑한 표정으로 뇌까렸다. 마고 그란데는 아직도 상념에 빠져있었다.

"하아…… 정말, 무드를 모르는 남자구나 . 좋아!"

마고 그란데가 손짓했다

마고 그란데의 신호에 팬텀의 인원들은 모두 채비를 갖췄다. 오크족장 그랄은 워해머를 크게 휘둘렀다. 거친 파공성이 터져나왔다.

하이스트림은 양 손으로 부드럽게 허공을 감싸듯이 움직였다. 그 움직임에 따라 기류가 급변하기 시작한다.

옥상위에 앉아있던 박스는 일어나서 허공을 걷는다. 분명히 허공인데도, 그녀의 밑에는 계단이라도 있는 것처럼 허공을 걸어내려온다.

마고 그란데가 입을 열었다.

"한 가지 더 말해줄게 있어."

"뭐지?"

"우리 보스는 이런 상황들을 모두 예측하고 있었어. 네가 다음 상대로 나를 선택할 거 란것도. 그래서 내 주위에 항상 가드처럼 이들을 붙여놨던 거지."

"…아 그래? 참 좋은 보스군."

대혁이 영혼없는 말투로 대답했다

"무슨 말인지 모르겠어? 넌 우리의 손바닥 안에 있다는 거야."

대혁은 피식 웃었다.

"싸우기도 전에, 노블원의 비숍을 잡았던 기억을 상기시키게 해준 보답이야. 충분히 절망하면서 죽어!"

그 말을 끝으로, 마고 그란데의 몸이 어둠속으로 천천히 녹아든다.

눈으로 보고 있으면서도 쉽게 믿기지 않는다.

그녀의 몸이 투명화라도 한 것처럼 사라졌다.

'이것이 로드 어쌔신이라 불리는 여자의 암살법이란

건가?'

노바틱 행성에 있을때, 왕국이나 제국에서 대혁을 죽이기 위해 어쌔신 길드에 의뢰를 한 적도 있었다.

어쌔신 길드는 최고의 어쌔신들만 추려 대혁의 암살을 시도했다.

결과?

대혁의 요새, 잉칼리움을 찾아온 어쌔신들은 대혁의 얼굴을 보지도 못하고 골렘들에게 압살당했다.

그나마 대혁이 성채를 나선, 그 순간에 대혁을 찾아온 어쌔신들정도만, 대혁의 얼굴 구경이라도 하고 죽음을 맞이할 수 있었다.

어쌔신 길드뿐만이 아니다, 노바틱 행성의 주인, 길가메쉬의 부하가 대혁을 암살하러 온 적도 있다.

그건 암살이 아니라 대놓고, 죽이려고 하러 왔던 것인가?

하여튼, 결과는 어쌔신 길드와 마찬가지였다.

처절하게, 처참하게 대혁에게 짓밟혔다.

'암살이나 하려는 놈들은 박살을 내버리는 게 내 신조지.'

기이이이이잉-!

골렘수트는 대혁의 움직임을 거의 오차가 없이 반영할 수 있도록 개조되었다.

먼저 달려든건 오크족장 그랄이었다.

쿵! 쿵!

두 어번 땅을 박차듯 찍어낸 다음, 도약을 한다. 한 번의
도약으로 그랄의 육중한 몸이 허공으로 솟구쳐 올랐다. 비
상하는 새처럼 날아오른, 그랄은 허공에서 양손으로 워해
머를 움켜쥐었다.

육중한 몸이 떠올랐으니 중력의 영향으로 바닥을 향해
떨어지는것은 당연했다. 포물선을 그리면서, 대혁의 앞쪽
으로 떨어지는 그랄.

슈우우우우우우――――――!

땅으로 떨어지면서, 워해머를 높이 치켜들었다.

뿌드득 뿌득.

그랄의 근육들이 당겨지면서 기괴한 소리가 났다. 뼈와
근육이, 스윙을 위한 최대한의 각도와 탄성을 보일 수 있게
움직인다.

그리고 땅에 떨어지기 직전, 체중을 온전히 실어, 힘을
온전히 실어 워해머를 바닥으로 내리찍었다.

파――――앙!

땅에 워해머가 박히기도 전에 기층이 찢겨나갔다. 충격
파가 터졌다. 워해머의 위력에 팡팡팡 거리면서 연속적으
로 터져나간 충격파가 대혁의 몸으로 쇄도한다. 만약에 일
반인이 그 앞에 서있었다면, 전신이 충격파만으로도 갈가
리 찢겨나갔을만한 위력.

"흠."

대혁은 양손을 교차로 놓고 충격파를 막았다. 골렘의 몸은 그 자체로 상대의 공격을 경감시키는 갑옷 역할을한다.

츄아아악!

충격파가 날카롭게 갑옷을 할퀴고 지나갔지만, 대혁은 뒤로 몇걸음 물러나는 정도로 모든 충격을 흡수했다.

문제는 그게 끝이 아니라는 거였다.

꽈아앙-!

워해머가 바닥을 찍었다. 순간 지진이 일어난것처럼 대지가 흔들렸다. 동시에 이번엔, 충격파보다 훨씬 거센 놈이 온다. 홍해가 갈라지듯, 땅이 갈라진다.

쩌저저저적!

"맞으면 좆될지도 모르겠군."

워해머가 내리찍힌 곳을 기점으로, 대혁을 향해 일직선으로 땅이 갈라져온다. 이번 것은 막아서 될일은 아니다. 대혁은 뒤로 뛰었다. 플라즈마 분사장치를 이용해 뒤로 날아오르면서, 쇄도해오는 충격파를향해 플라즈마빔을 날렸다.

퍼어어엉!

충격과 충격이 맞닿으면서 더 거센 충격파가 터져나갔다.

그랄이 그 충격파의 한가운데를 뚫고 달려온다. 거리가 멀지 않다.

대혁은 뒤로물러서면서 골렘들에게 명령을 내렸다. 허공에 부유해 있던 골렘들이 움직이기 시작한다.

콰—앙!

첫 시작은 라이플을 장착시켜뒀던 골렘으로부터 시작했
다. 대전차용 라이플탄이 터져나갔다. 골렘과 그랄의 거리
는 약 50여m.

근거기랄수 있는 이 정도거리에서라면 충분히 몸을 부숴
놓을 수 있는 위력적인 탄이다.

그러나.

탄환이 중간에 가로막혔다.

멈춰선 탄환이 허공에서 맹렬하게 회전했다.

대혁이 고개를 돌렸다.

박스였다.

박스가 방어결계를 이용해 탄환을 막아낸 것이다.

"칫."

탄환이 막히자 그랄의 움직임을 방해할만한 것은 존재하
지 않았다. 대혁은 정면대결을 피해, 최대출력으로 우선 거
리를 벌리려고했다.

"흠."

하지만 또 대혁을 가로막는 것이 있었다. 일반적이지 않
은 기류의 흐름.

바로 하이스트림이었다.

"가지가지 하는구나. 진짜."

대혁은 골렘들을 향해 명령을 내렸다.

"우선 저 귀찮은 녀석들부터."

대혁의 명령과 동시에 골렘들이 움직이며 박스와 하이스트림을 향해 포화를 쏟아낸다.

대혁의 몸도 자유를 되찾았다.

그러나, 이미 그랄이 코 앞으로 다가온 상태였다.

그랄은 리치가 닿을 정도가 되자 주저없이 워해머를 횡으로 휘둘렀다.

꽈앙!

대혁은 옆구리를 골렘의 왼팔로 막았다. 그러나 곧 정신이 아득해질정도의 충격이 밀려들었다.

그대로 동시에 대혁의 몸은 물수제비처럼 바닥을 튕겼다.

콰가가가가각-!

대혁이 저택속으로 처박혔다. 저택이 우르르 무너져내렸다.

엄청난 위력이었다. 오크가 아니라, 오우거라해도 이런 힘을 보일 순 없다.

오크족장 그랄의 무력은, 대혁에게 치명타를 주기 충분했다.

◆

끼이이익!

도로를 달리던 A4가 멈춰섰다. 김은 차에서 내렸다.

그리고 렌트한 A4의 본넷위로 올라가, 어딘가로 시선을 던졌다.

"……."

밤을 맞은 롱아일랜드 햄튼은 잠잠하다. 전투의 흔적은 엿보이지 않는다.

그러나 그것은, 평범한 사람이 봤을때 그러하다는 것.

김의 눈에는 요동치는 대기의 흐름과 격동하는 마나까지 모두 느껴졌다.

"칫. 벌써 시작했나 보군."

김이 씹어뱉듯이 말했다.

김에게는 격렬한 전투의 흐름이 느껴졌다.

아마, 결계를 이용해 전투가 퍼져나가는 것을 막는 놈이 하나쯤 더 참전한 모양이다.

그리고, 이정도로 격렬한 마나가 움직이는 전투가 있는데, 그것을 막는다는 것은 그 결계술사가 보통이 아니란 의미였다.

레이디 어쌔신은 암살이 주특기.

절대 이런 수준의 결계술까지 익히고 있을리는 없다.

그렇다는 것은 곧, 레이디 어쌔신이 혼자가 아니라 자신의 동료들을 데리고 있다는 얘기였다.

그것도 상당히 수준 높은.

김은 눈을 감고 마나의 흐름을 감지했다.

적어도 네다섯의 힘의 충돌하고 있다.

"이거 대혁이 위험할지도 모르겠어."

김은 A4의 시동을 껐다. 차로 가는 것은 너무 늦다. 차라리 여기서부터 가로질러 달려가는 편이 더 빠를 터였다.

막 다리에 힘을 주고 충돌의 현장으로 뛰어가려는 참이었다.

"팬텀인가?"

불쑥, 끼어든 목소리가 김을 멈춰세웠다. 김은 뒤를 돌아봤다. 어둠때문에 상대의 모습이 잘 보이지 않는다.

그저 떡벌어진 체격의 남자… 정도란 것밖에 확인할 수 없었다.

김이 경계심을 갖고 말했다.

"누구지?"

"동료… 는 아니지만, 이 행성엔 적의 적은 동지라는 말도 있지? 적의 적이니 그 노골적인 적의는 풀어달라고 말한다면, 풀어주겠나?"

"……먼저 이름을 말해. 간단한 자기소개도 겸하고, 그럼 그렇게 하지."

김은 남자가 수상한 낌새를 보이면 언제든지, 폭발능력으로 날려버릴 준비를 했다.

남자가 주파수 낮은 목소리로 대답했다.

"…아. 그래. 내 이름은…."

잠시 뜸을 들인 남자가 자신의 정체를 밝혔다.

"나는 발탄 왕국의 적통한 왕."

발탄 왕국? 김이 고개를 갸웃거렸다. 어디서 들어본듯했다.

김이 그 고유명사를 어디서 들었는지 떠올리기도 전에 남자가 말을 덧붙였다.

"규토."

◆

부스스스…

무너진 저택에서 흙먼지가 피어올랐다.

저택의 반파된 한쪽벽면에서, 계속해서 돌가루가 떨어졌다.

대혁은 골렘째로 그 무너진 저택의 잔해밑에 깔려있을 터.

"……"

"취익!"

오크 족장 그랄은 특유의 콧소리와 함께 콧김을 뿜어냈다. 일격이 제대로 먹혀들어갔다.

손에 묵직한 감각이 들어왔다.

그랄의 일격은, 오우거나 트롤정도는 단 한 방으로 '폭사' 시키는 게 가능하다. 때려죽인다거나, 둔기의 충격에 내장이 터져죽는 정도가 아니다. 그의 워해머를 맞으면 단단한 오우거나 트롤의 몸이라고 할지라도 예외없이

'터져' 나간다.

그가 휘두른 워해머에 일격을 허용한 상대는, 지금까지 한 번도 살아남은적이 없었다.

오우거를 죽이는 오크.

그야말로 생태계의 질서를 역행하는, 변이종. 그게 바로 그랄이었다.

그랄은 무너진 저택, 흙먼지가 피어오르는 곳을 뚫어져라 쳐다보았다.

상대는 오우거나 트롤따위와 비교할 수 없는 막강한 인물, 우대혁이다. 그랄은 손아귀를 쥐었다 폈다. 손에 확실한 감각이 있었다지만, 안심할 수 없다.

우대혁이 '레버넌트' 라는 집단을 상대로 혼자서 완승을 가져갔다는 건 그랄도 들어 알고 있다.

그랄이 살던 세계에서 그랄은, 인간들의 왕국과도 자웅을 겨룰만한 대부족의 족장이었다. 단순히 부족을 지휘하는 게 아니라 부족내에서 최강의 힘을 가진 전사였다. 그리고 그는 왕국 근위기사단 소속 소드마스터들을 몇이나 처죽인 경험이 있을정도로 막강한 폭군이었다.

물론 인간의 경지를 초월한 소드마스터를 상대하고나면, 그랄 역시 무수한 상처를 입었다. 그러고 나면 며칠 몇날은 회복을 위한 나날을 보내야했다.

이 세계(지구)에도 그런 소드마스터와 견줄만한 괴물들이 있다.

그게 바로 헌터, 그 헌터중에서도 최상위권인 자들.

레버넌트는 그런 자들로 이루어진 집단이다. 아직 팬텀에 들어온지 얼마 되지 않아 자세히는 모르지만, 팬텀소속 원들을 보면 그럴 거란 걸 충분히 알 수 있었다.

팬텀인원들은 레버넌트를 한 수 아래라고 깔아보긴 했지만.

쾅! 콰콰쾅!

쩌저저저적!

주변이 온통 천지를 찢는 굉음으로 가득하다. 그랄은 저택에서 시선을 거두고 주위를 둘러보았다. 30기의 골렘이 허공을 자유자재로 날아다닌다. 골렘들은 하이스트림과 박스를 상대로 내장되어 있는 무기를 총동원해 무지막지한 화력을 쏟아붓고 있었다.

포탄에 가까운 탄환을 쏘는 골렘, 화염을 방사하는 골렘, 빙결을 쏟는 골렘, 플라즈마 빔, 클러스터에 발사되는 소형 폭발물들 온가 종류의 무기가 포격된다. 지상이 비명을 지르고 있다.

하이스트림과, 박스는 그런 화력의 난사에도, 크게 흔들리지 않았다. 하이스트림은 기류를 이용해, 골렘들의 공격을 그들에게 되돌려줬다.

골렘 하나가 제가 쏜 탄환을 돌려받고 떨어지다가, 수복이 되어 다시 날아오른다. 그럼 하이스트림은 다른 공격들을 골렘에게 집중시킨다.

파괴와 수복… 다시 파괴와 수복이 수차례 반복된다.

그러다가 골렘은 결국 마나허용량을 초과해 쇳조각만 남고 녹아내린다.

"……."

박스도 마찬가지였다. 박스는 여유롭게 골렘들의 공격을 방어결계로 막아냈다.

그리고 골렘을 가두는 결계를 만들어낸다. 그 후는 간단하다. 쥐어 짜내듯, 손을 움켜쥔다.

그 간단한 동작에 따라, 골렘은 마지 착즙기에 빨려들어가는 생과일처럼, 혹은 압착기에 들어가 폐차되는 자동차럼 우그러지고, 쪼그라들고, 기어코는 박살이 난다.

하이스트림과, 박스에 의해 골렘들이 서서히 정리가 되어가고 있다. 그 막강해보이던 병력들이 천천히, 빛을 잃어간다. 그저 폐 고철덩어리가 되어간다.

그랄은 할 말을 잃었다. 역시 괴물들이다. 자신도 어디가서 괴물소리를 듣고 다닌다. 하지만 저들 역시 만만치 않다. 자신이 살던 냉엄한 생존의 행성으로 간다고 해도, 최강자 소리를 듣고 다닐만한 괴물이다.

그랄은 다시 반파된 저택, 우대혁이 처박힌 곳으로 시선을 옮겼다.

이런 자들을 상대로 어떻게 할 것인가? 이길 수 있다고 보는가?

오크족장 그랄은 대저택을 보면서 생각했다. 그랄은

고개를 저었다. 만약 자신이 우대혁의 입장이라고 생각한다면, 대답은 no다. 싸워볼 수야 있겠지만, 죽음을 정한 이후에, 상대에게 조금이라도 피해를 입히려는 싸움이 될 게 자명하다.

그게 아니라면, 애초에 싸우지도 않을것이다. 항복을 구하고 목숨을 구걸할지도 모르지.

우대혁. 그가 어떤자인가는 상관없다.

아마 그의 명성도 오늘까지일게 분명하다. 그는 싸울 장소를, 싸울 상대를 잘못골랐다.

여기서 우대혁의 목숨은 끝난다.

그리고 팬텀은 포식자를 감옥에서 되찾고, 에인드리온의 명을 받들어….

"취익?"

오크 그랄이 고개를 갸웃거렸다. 무너진 저택 안에서 기척이 느껴진다. 한방으로 보낼 수는 없으리라고 이미 짐작하고 있었기 때문에, 그랄은 워해머의 손잡이를 꽉 움켜쥐었다.

워해머를 붙든 손에 힘이 들어간다. 전신의 근육이 다시 꿈틀 거리면서 긴장한다.

나와라, 나오기만 하면 다시 이 워해머로 죽여주마. 죽일 때까지 죽여주마. 그런 생각이었다.

곧 먼지를 헤치고 뭔가가 나오기 시작한다. 우대혁인가? 그랄은 언제고 워해머를 휘두를 준비를 끝마쳤다.

그런데…… 하나가 아니다.

하나, 둘, 셋… 다섯… 열… 부옇게 보이는 흙먼지 너머로 뭔가의 인영이 자꾸만 늘어난다.

열다섯… 스물… 서른… 마흔….

거기서 그랄은 셈을 하는걸 그만뒀다. 침을 꿀꺽 삼켰다. 숫자가 계속해서 불어나고 있다.

대체… 대체 뭐지?

"긴장하지 마요. 그냥 인형들. 골렘이니까요."

옆에서 목소리가 들려온다. 고혹적인 목소리. 그랄은 고개를 돌렸다. 그곳에는 아무도 없다. 하지만 그랄은 그게 누구인지 알 수 있었다. 바로 레이디 어쌔신 마고 그란데.

그녀가 자신의 옆에 서있다.

"취익. 긴장한 적 없다. 나는 위대한 부족 검은송곳니의 족장. 무엇도 두려워하지 않는다. 무엇도 겁내지 않는다. 무엇이든, 앞을 가로막는 것은… 취익! 끝장내버린다!"

"그것 참 든든하네요."

그랄은 다시 전면을 보았다. 이제 흙먼지를 뚫고 그것들이 나오기 시작했다.

거대한 동체의 골렘들. 그랄보다 훨씬 크다. 5m에 달하는 신장. 그 하나하나가 거창이나, 대검과 방패, 메이스같은 냉병기들을 들고 있다. 그냥 냉병기는 아니다. 골렘의 몸집에 걸맞는, 어마어마하게 커다란 냉병기들.

쿵! 쿵! 쿵! 쿵! 쿵! 쿵!

바로 그들은 타이탄 골렘!

그 무기를 쥐고, 마치 군대처럼 타이탄 골렘들이 일제히 발을 뻗어 앞으로 달려나오기 시작한다.

그 숫자가 족히 수백은 되어보인다. 대저택의 넓은 공간이 부족할 정도로, 많은 숫자의 타이탄 골렘들이 저택 전체를 뒤덮어 간다. 이미 충분할정도로 많은 것 같은데 그 숫자가 계속 불어난다.

타이탄 골렘은, 드론 타입 골렘들을 지원하기 시작했다. 하이스트림과, 박스는 30기의 골렘을 여유롭게 상대하다가 갑자기 불어난 골렘들을 상대로 애를먹기 시작했다.

곤란한 상황에 처한것은 하이스트림과 박스뿐만이 아니다. 그랄 역시 마찬가지였다.

깡!

선두에서 달려든 타이탄 골렘이 휘두른 창대, 그랄은 워해머를 횡으로 세워 그 창을 막았다. 결코 가볍지 않다. 묵직하다.

"취익!"

그랄은 워해머를 빗겼다. 거창을 든 타이탄 골렘의 몸이 옆으로 휜다. 그랄이 한발앞으로 발을 찍으며 주먹을 내질렀다.

꽈앙!

폭음이 터지며 타이탄 골렘의 옆구리가 터져나갔다. 피륙으로 이루어진 주먹으로 쇠를 쳤는데, 오히려 쇳덩이가 터져나갔다.

"취익! 쇳덩이가 감히!"

그랄이 노호했다. 하지만 그게 끝이 아니다. 무수한 골렘들이, 계속해서 그랄을 노리고 무기를 찔러왔다. 그랄은 워해머를 연신 휘둘렀다. 한번 휘두를때마다 쾅쾅 거리는 소리가 터져나왔다 흡사 천둥 번개가 치는 것처럼 무시무시한 굉음이었다.

타이탄 골렘들은, 추풍낙엽처럼 떨어져나갔다. 개중 한두번의 공격은 그랄의 살갗을 찢어놨다. 무수한 골렘들의 공격을 그랄혼자 이겨낼 수는 없었다.

상처가 점점 늘어간다. 처음엔 피부에 생겨난 생채기 한두개정도였는데, 뱃거죽이 찢어지고, 뺨이 그어지고, 어깻죽지를 가격당했다.

그는 공격을 받을수록 강해졌다. 용맹하게 울부짖으며 타이탄 골렘들을 사냥해갔다.

그랄은 골렘들을 가동불능의 상태로 만들면서 문득 대혁을 떠올렸다.

저택으로 시선을 돌렸다. 흙먼지는 이미 모두 가라앉아 있었다. 하지만 대혁의 모습은 보이지 않는다.

우대혁은? 대체 우대혁은 어디있지?

"날 찾고 있나?"

마치 그랄의 의중을 읽기라도 한 것처럼, 대혁의 목소리가 들려왔다. 그랄이 고개를 위로 올렸다. 대혁이다. 다른 양산형 골렘들과는 전혀 다른 디자인의 골렘.

처음, 그랄이 워해머로 날려버린 그 골렘의 외양과 같다. 그랄은 타이탄 골렘들을 박살내면서 대혁의 옆구리를 보았다. 분명히 손에 제대로 감각이 있었는데, 대혁이 탑승한 골렘은 그런 흔적조차 찾을 수 없었다.

그 골렘이 추진장치를 이용해 공중에 부유하고있다. 그랄을 내리깔아보고있다.

대체…….

어떻게 이런 일이 가능한지 묻고 싶었지만, 이미 입에서 단내가 날 정도로 전투를 하고 있는 와중이라 말이 나오지 않았다.

그때였다.

따악!

골렘이, 대혁이 탑승하고 있는 골렘이 손가락을 튕겼다. 그랄을 공격해가던 타이탄 골렘들이 일제히 멈춰섰다.

"니들은 저기 가서, 저기 파란 머리랑, 꼬맹이 여자애 보이지? 그 놈들이랑 좀 놀아줘라. 사로잡으면 좋겠지만…… 여차하면 죽여도 상관없어."

대혁의 명령에, 타이탄 골렘들은 목표를 수정하고 움직였다. 그랄이 상대하던 골렘이 기백은 된다. 그 타이탄 골렘들이 일제히 방향을 수정해, 하이스트림과 박스가 있는 쪽으로 이동한다. 쿵쿵쿵 대지가 골렘의 발소리에 뒤흔들린다..

이미 충분할정도로 많은 골렘들을 상대하던 하이스트림과, 박스.

여유만만하던 표정은 온데간데 없이 사라져 사색이 되어 있었다. 거기에 더불어 기백에 달하는 타이탄 골렘이 자신들 쪽으로 향하자, 거의 절망에 가까운 낯빛을 보였다.

츠츠츠츠츠츠.

허공에 떠 있던, 대혁의 골렘이 천천히 하강했다.

터억.

대혁은 땅을 밟고 섰다.

"머릿수를 맞추고 싶었으면, 한참 더 데려오지 그랬냐? 고작 네 명이라. 이걸로 게임이 될 거라고 생각했어? 나도 장기말싸움 하는 거 좋아하거든. 근데 웬만해선 내 장기말이 너무많아서 말야. 지는 게임이 안 돼. 차, 포 다떼고 졸로만 밀여붙여도 이기거든."

"……."

그랄은 할 말이 없었다. 대답할 말을 생각하는 대신 숨을 돌렸다. 절체절명에서도 그랄은 전사답게, 워해머를 꾸욱 쥐었다.

우대혁만, 우대혁만 제거하면.

골렘의 머리인 우대혁만 없애버리면 다른 수백기의 골렘은 신경쓰지 않아도 될 것이다.

"……라고 생각하고 있지?"

대혁이 말했다.

골렘 수트를 입은 탓에 보이진 않았지만, 분명 우대혁은 웃고 있다.

"해봐."

위이이이이잉!

대혁이 타고 있는 골렘이 급격히 기계음을 올리기 시작했다.

마치 기어를 올리는, 슈퍼카의 엔진음처럼.

골렘이 제대로 가동하기 시작하자, 전신에서 아지랑이가 피어올랐다.

골렘에 흐르는 마력에 한순간 과급을 넣어, 마치 터보엔진처럼 골렘의 출력을 몇 배는 향상시키는 기술.

골렘수트 mk.8에 새로이 적용된 기술이 발현되고 있었다.

◆

"이 기술의 이름은 '부스트'라고 한다. 이미 느끼고 있겠지만 지금까지랑은 달라도 좀 많이 다를 거야."

대혁은 친절히 경고까지 해줬다. 그랄의 단단한 신체가 긴장했다. 근육이 팽팽하게 당겨지고 곧이어 닥쳐올 격돌에 대비한다. 워해머를 붙든 손에 힘이 불어넣어진다.

그랄은 대혁의 움직임 하나하나를 주시했다. 저 큰 동체로 움직임에 한계가 있을 것이다. 결국 요지는 대혁의 공격을 피해내고, 자신의 필살기를 먹여주면 된다는 것이다.

'산부수기.'

그랄은 산부수기를 떠올렸다. 자신의 기력 30% 이상을 한 번에 소진해, 한 번에 광범위한 공간을 부수어 버리는 최강기.

이 기술로, 그랄이 살던 세계에서는 한꺼번에 제국의 근위기사단 500여 명을 피떡으로 만들어버린 경험도 있다.

'취익! 놈의 움직임을 놓치지만 않으면……!'

하지만 가엾게도, 대혁의 움직임은 그런 그의 생각을 가볍게 무시했다.

텅!

땅이 파였다. 대혁이 탑승하고 있는 골렘이 땅을 박찼다. 땅이 움푹 패여들어가고 흙먼지가 피어오른다.

순간이었다…. 대혁의 모습이 그 상태 그대로 사라진다. '지이이이잉!' 거리는 기계음만이 잔향처럼 고막을 파고든다. 그랄의 큰 눈동자가 부릅떠졌다.

'어디…! 어디냐…!?'

그랄은 워해머를 짧게 잡았다. 어디서 덤벼들든 반응을 할 수 있도록. 첫 공격은 좌측방에서 터졌다.

골렘의 신형이 왼쪽에서 나타났다.

나타남과 동시에 강철의 주먹이 안면을 노리고 날아든다.

팡!

먼저 공기가 찢어졌다. 공기가 찢기며 파공성을 낸다. 어마 어마한 속도, 그랄은 초인적인 반사신경으로 간신히 워해머를 끌어올렸다. 안면을 박살내려고 쇄도하던 골렘의 주먹을, 워해머가 가까스로 막는다.

깡! 터터팅!

철과 철이 부딪히며, 기묘한 쇳소리가 폭음처럼 터져 나왔다. 그랄의 신형은 뒤로 밀리는 게 아니라, 다리가 떠서 머리 위치로 올라가고, 머리는 곧바로 땅으로 떨어져 처박혔다.

"크으읍."

그랄은 충격을 수습할 새도 없었다. 바닥에 내리꽂힌 자세 그대로 몸을 굴렸다. 방금전까지 그랄이 있던 자리 위로 골렘의 발이 떨어져 내린다.

콰앙-!

바닥이 깨지고 돌파편이 떠올랐다가 후두두두둑 떨어진다. 그랄은 간신히 추가타를 피했다. 워해머로 바닥을 짚고 일어나서 다시 방비를 했다. 골렘은 이미 또 사라져 있었다.

그랄의 동체시력이 도저히 쫓아가지 못할정도의 속도.

기이이잉-! 기잉-!

예의 그 기계음만이, 지옥에서 부르는 귀신들의 합창곡처럼 그랄의 정신을 어지럽게 한다.

그랄은 이를 악물었다. 이렇게 된 이상, '산부수기' 전에 '토네이도 스매쉬'다.

토네이도 스매쉬는 워해머를 길게 잡고 몸을 회전하면서, 연속적인 공격을 넣는 타격기로 그랄의 광역기 이기도 했다.

  그랄은 시선을 반쯤 내리깔고, 시야각을 최대한 넓혔다. 감각도 끌어올렸다. 눈으로만 보려고 하지 않고, 최대한 기척을 느끼기 위해 노력했다. 그의 감각에 천천히 쾌속의 골렘의 느껴지기 시작했다.

  '거기냐?'

  골렘은 빠른속도로 그랄의 주위를 돌고있다. 빈틈을 찾고 있는 모양.

  '기회는… 기회는 반드시 온다. 올 것이다!'

  그랄은 숨까지 멎은 채로 기다렸다. 그리고 곧 그 순간은 찾아왔다.

  츠츠츙!

  보이진 않지만, 분명히 기세가 달라졌다. 대혁이 쇄도해 온다.

  그랄은 몸을 비틀고, 워해머를 뒤로 잡았다가 앞으로 빼면서 반동을 이용해 몸을 돌리기 시작했다.

  훙– 후웅– 훙– 후우웅– 훙훙훙!

  그의 몸이 하나의 돌풍이 된다.

  토네이도 스매쉬!

  펑!

  워해머의 끝에 감각이 걸렸다. 대혁이다. 그랄은 그 쪽방향으로 바로 몸을 틀었다.

이 한 방. 이 한 방으로 끝내버린다.

산부수기!

"흐아아아압!"

기합과 함께, 워해머를 당겨 높이 치켜들었다. 근육이 부담을 느낄정도로 부하가 들어가고 있다. 그랄이 가진 오러의 태반이 워해머로 빨려들어간다.

"받아라!"

"싫은데."

목소리는 그랄의 뒤편에서 들려왔다. 대혁의 목소리다. 그랄이 반응을 하기도 전에,

푸욱ㅡ!

골렘의 팔이 등을 관통해, 가슴팍을 뚫고 나온다. 그랄의 우락부락한 대흉근을 뚫고 나온 강철의 손에, 펄떡거리는 그랄의 심장이 쥐어져 있다.

"허억."

그랄은 천천히 시선을 돌렸다. 그럼 아까 자신이… 자신이 토네이도 스매쉬로 가격했던 것은 무엇이란 말인가… 그랄이 고개를 돌리자, 반파된 골렘의 잔해가 보인다.

대혁이 친절히 대답했다.

"티타늄 큐브로 급조한 골렘."

완패.

그랄은 체념했다.

텅겅!

손에 힘이 풀리고 워해머가 바닥에 떨어지며 쇳소리를 낸다.

뒤편에 서 있는 대혁의 목소리가 다시 고막을 파고든다.

"넌 쓸만한 것 같으니, 내가 수거해가지. 좀 자고 있으라고."

'뭐…?'

그랄이 의문을 느끼는 동시에.

퍼억!

펄떡거리던 심장을 강철의 손이 쥐어짜낸다. 움켜쥔 심장이 터진다.

쿠웅—!

그랄의 거대한 체구가 땅에 드러눕는다.

"오랜만에 쓸만한 재료를 얻었군."

대혁은 손을 털며 그랄의 사체를 내려보았다. 핏물을 모두 털어낸 대혁이 고개를 돌렸다.

아직, 하이스트림과 결계술사 박스는 치열한 사투를 벌이고 있었다. 수백기의 타이탄 골렘을 상대로.

"그래도 확실히… 선전은 하고 있군."

대혁의 타이탄 골렘은, 대혁만큼이나 계속 진화하고 있다. 더 양질의 금속, 양질의 마나석, 그리고 파모라의 강화 주문 등을 이용해서, 기존의 타이탄 골렘에 비해 3배에서 5배 정도 강해졌다.

저 숫자를 상대로 대등하게, 혹은 조금 우위에 서서 싸움을 이어가는 하이스트림과 박스의 실력은 결코 녹록하지 않다. 대혁이 팬텀이란 놈들의 위상을 어느정도 실감하는 부분이었다. 레버넌트보단 확실히, 한 두단계 위다.

"그나저나, 이 여자는 나보고 죽음의 절정어쩌고 떠들더니 어딜갔지?"

대혁은 레이디 어쌔신, 마고 그란데의 행방을 찾았다. 그녀는 내내 전투의 현장에 참여하지 않고있다.

특유의 은신으로 감춘 이후, 한두번 대혁의 탐지기에 걸리긴 했는데 그랄과의 직접적인 전투 이후엔 그나마도 사라졌다.

"정말로 꽁무니를 뺀 모양이군."

대혁이 피식 웃었다.

싸우기전, 온갖 말을 쏟아내며 금방이라도 수급을 취해갈것처럼 떠들더니.

대혁은 문득, 유명한 복서가 했던 말을 떠올렸다.

"한방 쳐맞기 전까진 누구에게나 그럴싸한 계획이있다… 이건가?"

기이잉-!

대혁이 한 발씩, 하이스트림과 박스가 있는 곳으로 걸음을 떼어놓기 시작했다.

이 싸움의 끝을 보기 위해서였다.

"대혁을 안다고?"

김이 물었다. 규토가 고개를 끄덕였다. 둘은 지금, 빠른 속도로 롱아일랜드 햄튼을 향해 뛰어가는 중이었다.

도로가 아닌곳을 통해, 최단의 직선거리를 관통하고 있었기 때문에 도달시간까진 차보다 훨씬 빠르게 자명했다.

"내 오랜 친우지."

"······친구 하나도 없을 것 같은데 의외로 여기저기 많은 가 보네?"

김이 어깨를 으쓱했다.

태국에서 사라진 규토는 나름의 방식으로, 자신의 왕국을 박살낸 자들을 찾고 있었다.

그러다 알게 된 게 4대 블랙헌터 대조직들.

규토는 미주대륙으로 건너온후, 미주대륙에 똬리를 틀고 있는 팬텀에 대한 정모를 모으고 그들을 하나씩 잡고 있었다.

규토가 이름을 밝히자, 김이 그를 알아봤다. 규토의 이름.

헌터협회 부회장인 페르낭 그라비를 친구로 두고 있는 김이 모를리 없다.

단독으로 팬텀의 일원들을 하나씩 잡아죽이고 있다는, 능력자.

그런 규토가 롱아일랜드 근처를 지나고 있던 것은 순전히 우연이었다. 그는 강력한 힘의 파동을 느꼈고, 햄튼으로 진로를 틀었다.

"다 왔다."

김과 규토는 한 대저택앞에 내려앉았다. 결계의 막이, 불안정하게 흔들리고 있는게 느껴졌다. 결계술사가 한창 전투중인 모양이었다. 결계를 파하기 전에 김이 물었다.

"그러고보니 내 얼굴은 어떻게 알고 있는 거지?"

"페르낭 그라비와 접촉할때, 네 얼굴을 몇 번 보았다. 그와 친구인 것 같더군."

"그렇구만."

김이 결계위에 손을 얹었다. 이 정도 결계쯤이야, 자신의 폭발능력으로 단숨에 제거하는 게 가능하다.

빨리 결계를 부수고 안으로 들어가, 대혁을 도와줄 생각이었다.

아무리 대혁이라도 팬텀 네명을 상대로는 무리.

"흡!"

김이 기합을 질렀다.

투명한 결계의 범위를 따라, 붉은 선이 따라 올라갔다. 그리고…… 퍼엉!

작은 폭음이 들렸다. 결계가 걷혔다.

그리고….

"……."

김과 규토는 할 말을 잃었다. 전쟁터를 방불케 하는 대저택의 진짜 모습.

그리고 그 한가운데 우뚝 서서, 팬텀으로 보이는 인물들의 목을 양손으로 잡아 올리고 있는 골렘.

바로 대혁이 타고 있는 골렘이었다.

추욱 늘어진, 하이스트림과, 박스를 바닥에 내팽개치고, 대혁이 고개를 돌렸다.

"늦었네."

◆

대혁은 저택의 지하로 내려갔다.

저택 상부는 지금, 헌터협회에서 파견 온 헌터들이 바리케이트와 바인더 선을 길게 둘러치고, 다수의 경찰인력과 협동해 수습을 하고 있는 중이었다.

그 와중에 대혁이 저택을 뒤지는 이유는 한 가지때문이었다.

'왜 굳이 여기로 나타났을까?'

대혁이 골렘을 통해 수색한, 레이디 어쌔신의 거처는 30여곳.

레이디 어쌔신 마고그란데는, 본인 입으로 말하길 대혁을 기다리고 있었다고 한다.

그 얘기는 이해가 간다. 그녀가 대동하고온 팬텀의 일원들을 보면, 마고 그란데는 분명히 언제든지 대혁을 상대할 준비를 하고 있던 것이 분명하다.

그러나, 그 장소에 대해선 선택하지 않았을 것이다.

'아마 자신의 근거지가 아닌, 전혀 다른 곳에서 싸우고 싶었겠지.'

그런데 이 곳에 구태여 모습을 드러냈다. 마치 뭔가 숨기고 있는 걸 들키기 싫은 사람처럼.

그래서 대혁은 탐지기를 가동했다.

미묘하게, 지하로부터 미세한, 다른 곳과는 다른 마나의 흐름이 느껴졌다.

그게 대혁이 지하로 내려온 이유다.

"……."

계단을 통해 지하로 내려오자, 거대한 철문 하나가 놓여 있었다.

대혁이 철문에 손을 얹었다.

'마나 프로텍터류의 마법이 걸려있군.'

그야 말로, 새어나가는 마나를 감추기 위한 장치.

"이 안에 뭔가 있는 게 확실해 졌어."

대혁은 골렘에 탑승해있는 상태기때문에 망설임 없이 철문을 '뜯어' 내어 버렸다.

경첩부가 투투툭 뜯겨나갔다.

순간 내부에서, 농밀한 마나의 흐름이 뿜어져 나온다.

대혁이 한 발자국 안으로 걸어들어갔다. 길게, 통로가

뻗어있었다. 대혁은 뜯은 문을 다시 세워 입구를 막아놓
고.

안으로 걸어들어갔다.

어두운 통로에 접어들자, 천장에 박힌 동그란 조명기가
작동해 불이들어왔다.

대혁은 긴 통로를 따라 안으로 들어갔다. 통로는 아래쪽
으로 조금씩, 기울어져, 더 깊은 지하로 향하는 구조였다.

그리고 그 끝에 다다랐을때, 거대한 경기장의 메인필드
만한 공터가 나타났다.

대혁의 입가에, 미소가 걸쳐진다.

공터때문이 아니다.

공터 한 가득 쌓여있는, 양질의 마나스톤.

그리고…….

"앰플스톤. 여기 있었군."

바로 마고 그란데의 대저택 지하에, 다량의 앰플스톤이
숨겨져 있었던 것이다.

3. 밴프라이즌

3. 밴프라이즌

앰플 스톤.

대혁이 미국을 찾은 이유다. 정확히는 양질의 최상급 마
나스톤을 구할 수 있을까해서 미국을 찾았다. 하지만 최상
급 마나스톤은 구할 수 없었다. 이렇게 된 이상, 차라리 아
티팩트 경매장에 나온 최상급 마나스톤을, 자니누엔의 재
력을 통해 구매하는 편이 나을 정도라고 생각했을 때, 앰플
스톤을 발견했다.

바로 레드 스콜피온의 마법사중 하나였던 레인. 그가 가
지고 있던 장비에 앰플 스톤이 섞여 있었던 것이다.

지구에는 앰플 스톤이 나지 않는 걸로 알고 있던 대혁은,
그 뿌리를 추적했고 앰플 스톤이 팬텀으로부터 나온다는

정보를 입수했다.

그리고, 지금…….

한 번도 채굴되지 않아 엄청난 매장량을 자랑하는 금맥처럼, 초대량의 앰플스톤이 위풍당당히 쌓여 있었다.

"파쿨타템."

대혁은 파쿨타템을 호출했다.

즈즈즉.

파쿨타템의 검은 입구가 입을 열었다. 대혁은 그 안에서 골렘들을 불러냈다.

대략 10기 정도. 너무 많은 골렘을 부르면, 공터가 꽉 차고 동선이 엉켜 효율이 안좋아 진다. 10기가 부려먹기엔 최적의 숫자였다.

금방까지 거친 전투를 치뤘던 골렘들이라기엔 굉장히 깨끗한 상태의 골렘들이 나타났다.

이미 수복을 모두 끝마친 상태기 때문이다.

"자, 자. 빨리 나르자. 농땡이 피지 말고."

대혁의 명령이 떨어지자마자, 방금 전 팬텀과 맹렬히 싸워왔던 용맹한 골렘들이, 순한 종이 되었다.

골렘들이 한아름 앰플스톤을 품에 안고 파쿨타템으로 들어갔다.

그리고 다시 나왔다.

그리고 다시 들어갔다.

…….

그 반복작업속에, 대혁은 공터의 다른 쪽으로 발걸음을 옮겼다.

그곳엔 다량의 마나스톤과 함께, 다양한 종류의 무구형 아티팩트, 장비형 아티팩트들이 또 한아름 쌓여 있었다.

"꽤나 속 쓰렸겠군. 이런 걸 다 내던지고 줄행랑을 쳤어 야 했으니 말야."

대혁이 중얼거렸다.

분명히 이것들이 온전히 혼자만의 물건은 아니었을것이다.

아마 팬텀의 공동소유물을 그녀가 일부 맡고 있던 게 아 닐까 싶었다.

대혁은 그 무기 중 하나를 양손으로 들었다.

묵직한 질량이 느껴진다.

반투명한 창 위에 정보가 읽힌다.

[기간틱 해머]

*레어

-고대 거인족이 해머로, 보통 사람은 절대 들지 못할 질 량과 단단함을 가지고 있다. 거인족은 이 해머를 이용해 전 투와 사냥을 모두 충족했다.

-근력 +250

-치명타 확률 +300

-특수기능: 오러의 주입으로 어느정도의 '신축'이 가능 하다.

"흠."

기간틱 해머를 보자마자 머리에 떠오르는 놈이 있었다. 방금 전까지 대혁과 치열한 전투를 했으며, 이제는 대혁의 골렘이 될 녀석.

대혁은 열심히 앰플 스톤을 나르는 골렘에게 기간틱 해머를 넘겼다.

"안 쪽에 구획 나눠서 착착 정리 잘 해놔라. 또 저번처럼 대충 아무렇게나 섞어놓으면 죽는다 진짜."

대혁의 명령에, 골렘들이 고개를 푹 숙이며 더 빠릿 빠릿하게 움직이기 시작했다.

◆

대혁의 골렘들이 저택 지하에서, 공터에 있는 아티팩트와 마나스톤, 그리고 앰플스톤을 모조리 파쿨타템으로 옮기는데는 채 20분도 걸리지 않았다.

대혁은 저택 위로 올라왔다.

아직 경찰들과, 파견된 헌터들이 이리저리 돌아다니면서 분주하게 사건 현장을 정리하고 있었다.

대혁에게 김과 규토가 다가왔다.

규토가 입을 열었다.

"우대혁. 일은 잘 처리하고 왔나?"

"그래. 규토."

대혁이 사연이 담긴 눈으로 규토를 보았다.

"잘 지냈나?"

"나야 물론… 어떻게든 지내고 있었지."

"팬텀을 하나씩 잡아가고 있다는 소식은 진작에 들었어."

"처음엔 레버넌트와 접촉하려고 했지만, 좀 더 실세가 팬텀인 걸 알게 됐지. 그 후로 이 곳, 미국땅으로 왔네."

"……좀 괜찮아졌나?"

대혁이 조심스럽게 물었다. 왕국을 잃어 참담함 심정이었던 규토의 속내에 대해서 묻는 질문이었다. 규토는 옅게 미소를 띠었다.

"뭐. 여전히 그 검은드래곤을 향한 내 적개심은 활활 불타오르고 있지만 말야."

규토는 전장을 한 번크게 둘러보았다.

"그나저나 여전히 판을 크게 벌이는 걸 좋아하는군."

"…뭐."

"사내들끼리 술도 한 잔 안 들어갔는데 수다가 참 기네."

김이 끼어들었다. 대혁과 규토의 시선이 그에게 향했다.

"수다가 나쁘다는 건 아니고…… 일도 잘 마무리 되었는데 한잔하면서…… 어때?"

김이 특유의 익살스러운 표정을 지으며 말했다.

규토와 대혁이 시선을 교환했다.

그리고 김을 보았다.

대혁이 말했다.

"좋아. 오늘은 원하던 것도 구한 만큼, 내가 쏘지."

◆

셋은 뉴욕 시내에 있는, 분위기 좋은 크래프트 맥주집으로 향했다.

3층 짜리 건물 한동이 전부 맥주를 파는 건물. 외벽은 적벽돌로 쌓아 올렸다.

내부엔, 마감을 대충한 것 같은 컨셉의 투박한 목재 의자와, 테이블로 꾸며놓았다.

한 쪽엔 양조기계도 있었다.

직접 맥주를 만들고있는 직원 몇명이, 기계에 달라붙어 맥주를 제조하고 있었다.

와글와글 시끌벅적한 분위기.

김과 규토, 그리고 대혁은 그 시끌벅적한 분위기에 동화되어 있었다.

안주는 두툼한 햄버그와 감자튀김, 그리고 피자와 소세지등이었다.

"그게 정말인가? 페르낭 그라비와 알고 있다고?"

김은 이미 들어 알고 있었지만, 대혁은 처음 듣는 얘기

골렘의
장인 5

였다.

"그렇네. 사실 팬텀을 추적할 수 있게 도와준 것도 페르낭이 정보를 제공해준 덕택이지."

"따지고 보면 우리를 다 연결해준 게 페르낭그라비네?"

김이 말했다.

"이거, 그럼 페르낭 그라비가 주인공이네. 그가 빠지면 안되겠어!"

라고 얘기하고 스마트폰을 꺼내들었다. 김은 곧바로 페르낭에게 전화를 걸었다.

"여. 페르낭."

-무슨 일이야?

"지금 대혁과 김, 그리고 또 누가 함께 모여있는지 알아?"

-……?

"규토!"

-규토?

"그래, 우연히 만나 합석하게 됐지. 여기 west47번가에 있는 크래프트 맥주집인데… 그래 우리가 자주 오던 곳. 혹시 올 수 있나해서."

-미안하지만, 지금 저택건을 수습하느라 시간이 없다.

"그래? 뭐 할 수 없지. 그럼 다음에 보도록 하자구."

김이 전화를 끊었다. 그리고 어깨를 으쓱했다.

"바쁘대."

김은 포크로 소세지를 찍어 크게 한 입 베어먹었다. 우물거리면서, 대혁을 향해 고개를 돌리고 말한다.

"앞으로 넌 어떻게 할 거지? 사실 팬텀을 노리는 이유도 그 아이템 때문이었다며?"

대혁에게, 앰플스톤을 충분할만큼 입수했다는 이야기를 전해들은 김이었다.

그렇다면 대혁은 더 이상 뉴욕에 남아있을 이유가 없다.

대혁은 맥주를 들어올렸다.

이 맥주집 특유의 공법으로 제조한 맥주는, 거품이 풍부하고 쌉사름한 보리의 뒷맛이 좋았다.

"그게 고민이야. 지금 돌아간다해도 내 목적은 다 완수한 셈이지만, 팬텀이란 벌집을 들쑤셔 놓은 셈이니까."

대혁은 사실 걱정없다. 상대가 누구든, 그게 팬텀이든, 팬텀의 수장이든 모조리 덤벼도 해결할 자신이 있다.

하지만 그들이 타깃을 돌려, 대혁이 없는 뉴욕을 노린다면?

진지한 대혁의 표정에 김이 풋! 하고 웃음을 터뜨렸다. 씹고있던 소세지의 잔해가 허공을 비산한다.

"캑… 캑… 미안… 쿨럭…!"

사레가 들린 김이 쿨럭거리며 기침을 했다. 옆에 앉아있던 규토가 맥주를 밀어줬다.

맥주를 벌컥벌컥 마신 김이 그제야 기침을 멈췄다.

김이 대혁을 향해 말한다.

"대혁. 넌 우리를 지켜줘야하는 어린 아이로 보는 거야?"

"……."

"솔직히 말해서, 팬텀 몇의 엉덩이를 패준 건 정말 대단하다고 생각해. 하지만 우리는 네가 지켜줄만큼 약하지도, 어리지도 않아. 무슨 얘기인지 알겠어?"

김이 모처럼만에 진지한 표정을 지었다.

"더군다나 뉴욕은 헌터협회 본부가 있고, 세계 최강의 헌터들이 모인 곳이라고. 저 팬텀조차도 함부로 어금니를 드러내지 않는 이유. 그것은 대혁 너 때문이 아니라, 지금 껏 뉴욕을 지켜온 헌터들때문이야. 우리를 너무 애 취급 말라고."

"……후."

대혁이 작게 입을 벌렸다. 뒤통수를 한 대 맞은 기분이다. 곧 대혁은 이마를 짚었다.

웃음이 터져나왔다.

"크크크. 이거 한 방 맞았군. 네 말이 맞아."

대혁이 고개를 끄덕였다.

"한 잔 할까?"

대혁이 잔을 들어올렸다. 셋이 함께 잔을 맞댄다.

김이 눈치를 줬다.

"건배사 안해?"

"누가?"

"흠. 규토는 아직 지구에 낯설테고, 나는 원래 그런거 못해. 그럼 한 명남았네."

대혁이 피식웃었다.

대혁은 잠시 고민했다. 오랜만에 해보는 고민의 시간이 지나갔다. 뭔가가 떠오른 대혁이, 맞댄 맥주잔에 힘을 주며 말했다.

"지구를 위하여! 인류 평화를 위하여!"

"……."

김과 규토의 표정이 똥이라도 씹은 것처럼 변했다.

◆

대혁은 오랜만에 거나하게 마셨다. 규토는 다음을 기약하며 다른 곳으로 갔고, 대혁과 김은 택시를 타고 호텔로 돌아왔다.

김은 술도 잘 마시지 못하면서, 술을 가장 많이 마셨다.

그의 다리가 비틀거리며 호랑나비춤을 췄다. 대혁이 그를 부축했다.

택시 값을 치루고, 택시가 멀어졌다. 대혁은 김을 부축한 채로, 호텔의 입구를 향해 걸었다.

그러다 아는 얼굴을 만났다.

"…아! 대혁씨."

"……."

레이첼이었다. 그녀가, 친구로 보이는 여자 몇과 함께 재 잘대며 걸어오다, 대혁을 본 것이다.

레이첼은 취해서 인사불성인 김과, 비교적 괜찮아보이 지만 진하게 술냄새를 풍기는 대혁을 번갈아가며 보았 다.

"어…… 술 드셨나보군요?"

"네. 오늘 좀."

"저 치는 완전히 취했네요?"

레이첼이 김을 가르키며 말했다. 레이첼의 목소리에, 반쯤 기절해 있던 것 같은 김이 퍼뜩 고개를 들었다.

그가 풀린 동공으로 레이첼을 보다가 말했다.

"레이첼! 대혁은 곧 한국으로 떠나! 고백할려면 시간이 없으니까 빨리하라고!"

"이 친구가 취해서 못하는 말이 없군."

대혁이 김의 입을 틀어막았다. 김은 읍읍 대며 발악하다 가 추욱 늘어졌다.

술에 취해도 너무 취한 모양이었다.

레이첼의 얼굴은 홍당무빛으로 물들었다.

옆에 있던 친구들이 당황해 할 정도였다.

"레이첼. 우린 잠깐 피해있을게."

그 중 눈치 있는 친구 하나가, 다른 친구의 손을 붙잡고 멀찍이 걸어갔다.

"……."

잠시 적막한 침묵이 흘렀다.

침묵을 먼저 깬 건 레이첼이었다.

"진짜인가요?"

"어떤……?"

"떠나신다는 거요."

"뉴욕에 왔던 목적을 이뤘거든요."

"……그렇군요."

레이첼의 안색이 살짝 어두워졌다.

대혁도 남자인 이상 그녀에게 아예 마음이 없는 건 아니었다.

그렇다고 지금, 연애나 하면서 시간을 죽일 생각은 없었다.

언제 에인드리온이 그 시커먼 흉계를 드러낼지 모른다.

"스마트폰 좀 주시겠어요?"

"네?"

대혁의 말을 한번에 알아듣지 못했던 레이첼은, 곧 그 말의 의미가 무엇인지 깨달았다.

레이첼이 답잖게 허둥대며 클러치백 안에서 스마트폰을 꺼내서 대혁에게 건넸다.

"여, 여기요."

대혁은 자신의 번호를 찍어 레이첼에게 되돌려주었다.

"연락 자주할게요."

레이첼의 표정이 생기를 되찾는다.

"네!"

◆

3일 후.

대혁은 뉴욕 케네디 공항 출국대기장에 앉아 있었다. 그의 곁엔 김이 함께였다.

항공편을 알아보는 대혁의 옆에서 기웃대던 김은, 곧죽어도 자신이 대혁을 데려다주겠다고 말했다.

택시를 타고 올 수 도 있었는데, 김은 렌트한 구형 a4로 대혁을 공항까지 바래다 줬다.

"근데, 대혁! 너 정도 되는 사람이면 전용제트기 하나 빌릴 수 있는데, 굳이 여객기로 돌아가려는 이유가 뭐야? 아니면 내가 해줄 수도 있고."

"……."

그럴거면 차라리, 골렘을 타고 빠르게 집으로 귀가했을 것이다.

공항에서 여객기를 통해 집으로 가는 것은, 일종의 휴식이다.

인간은 기계처럼 빠릿 빠릿 하게만 살 수 없다.

물론 노바틱 행성에서의 대혁은, 기계 이상으로 쉼 없이 페달을 밟아왔다. 하지만 어느정도 여유를 되찾았고, 뉴욕에 온 목적도 완수한 지금은 그러고 싶지 않았다.

그래.

'굳이 그러고 싶지 않다.'

가 대혁의 대답이 될 것이다.

그래서 김의 질문에 대혁은

"그냥."

이라고 짧게 대답했다. 김은 턱을 당기고 미간을 모았다.

"그냥?"

"어. 그냥."

"심플하네! 그냥 좋지!"

"……."

김은 옆에서 계속 재잘댔다. 물론 이 수다쟁이 친구의 긍정적인 성격에 대해, 대혁 역시 좋게 생각한다. 하지만 모름지기 이별이란 헤어질 때의 아쉬움이 있어야 다음의 만남이 기대되는 것이다.

이 녀석의 수다는 다음 만남의 기대에 대한 싹을 아예 근절시켜버린다.

대혁은 공항 한 편에 비치되어있는 책자를 읽다가 덮어버렸다.

"안 바쁘냐?"

"음. 바쁘지. 전세계 곳곳 나의 도움을 필요로 하는 곳이 있거든. 지금도 눈을 감고 있으면 귓가에 아우성이야."

"바쁘면 그만 가보는 게 어때?"

"지금은 안 바쁘거든."

"바쁘다며."

"……."

김은 대혁이 읽던 책자를 뺏어 읽으며 모른척을 했다.

대혁은 의자에 몸을 눕듯이 기대 앉아 눈을 감았다.

짧게 잠이라도 청할 생각이었다.

부르르.

핸드폰 진동이 울었다. 대혁은 손을 부스럭 거리며 주머니에 넣었다.

핸드폰을 꺼내든 대혁이 액정을 보았다.

문자였다.

레이첼에게서 온 문자.

−오늘 가신다고 했죠?

배웅하고 싶었지만, 다음의 더 반가운 만남을 위해

일부러 안 갔어요. 매정하다고 하지 마세요.

안전한 귀국길이 되시길.

"……."

레이첼의 짧은 문자에서, 그녀의 깊은 생각을 엿볼 수

있었다.

대혁은 노골적인 질타의 눈으로 김을 보았다.

비교된다. 비교돼.

김이 따끔한 대혁의 눈길을 받아 고개를 들었다.

"왜 그런 눈으로 보는데?"

"아니다."

김과 대혁이 티격 대는 사이 시간이 빨리 흘렀다.

출국장을 나서는 대혁을, 김은 마지막까지 지켜보며 손을 흔들었다.

대혁 역시 그의 진심을 알았기에 마지막은 깔끔하게 인사를 했다.

"다음 번의 만남까진… 좀 길게 텀을 두고 보자."

뒤돌아선 대혁이 작게 중얼거렸다.

◆

태평양의 한 섬.

대혁만의 요새 잉칼리움.

한국에 도착한 대혁은, 집에서 형 정혁과 엄마 강정숙을 만나 간단한 회포만 풀고, 그날밤 다시 잉칼리움으로 날아왔다.

잉칼리움의 상공에서, 대혁은 자신의 요새를 흡족한 표정으로 내려보았다.

대혁이 없는새 잉칼리움은 더 요새다운 모습을 갖춰가고 있었다. 대혁이 시킨대로, 대혁이 없는 동안에도 골렘들은 착착 일을 진행했다.

방어를 위한, 병기들이 곳곳에 눈에 띈다. 만약 대혁이 아니라, 허가받지 않은 물체가 일정거리 이상 접근했으면, 자동으로 허공에서 분쇄됐으리라.

"오랜만이네?"

대혁의 옆에서, 말소리가 들린다.

대혁은 이미 그녀의 접근을 눈치채고 있었다.

헐렁한 흰색셔츠만 입은 파모라가, 누워있는 자세로, 대혁의 옆에 둥둥 떠 있었다.

"잘 지냈나?"

"집주인이 집을 너무 오래 비워두는 거 아냐?!"

"말했다시피 앰플 스톤을 구해오느라 이제 '전함'을 완성할 수 있을것 같다."

"그래? 그럼 본격적으로 전쟁이 시작되는 건가?"

"예정대로라면."

대혁은 골렘의 출력을 낮췄다. 골렘이 천천히 하강하면서, 잉칼리움의 가까이로 다가간다.

파츠츠츠츠-!

일정거리까지 잉칼리움에 가까워지자, 마지 골렘의 몸체를 밀어내는 듯한, 반발력이 느껴졌다.

그것은 파모라가 만들어놓은 결계였다.

허락받지 않은 존재는 애초에 출입을 허가하지 않는다.

그리고, 외부로부터 잉칼리움이란 요새의 존재 자체를 지워버린다.

잉칼리움이, 비록 외진 태평양 한가운데에 있는 섬이라곤 하지만 그 누구에게도 발견되지 않을 수 있는 이유도 거기에 있었다.

"······."

결계는 '허가받지 않은 자'의 몸을 밀어낸다.

근데 이 결계가 대혁이 탑승하고 있는 골렘까지 밀어내고 있다.

그말인 즉슨 결계가 대혁을 허가하지 않는다는 얘기.

즉시 상황을 눈치 챈 대혁이 나지막한 목소리로 파모라를 불렀다.

"파모라."

"왜에에-?"

파모라가 능글맞게 대답했다. 그녀는 자유롭게 결계 너머로 넘어가버렸다.

파모라는 천진한 표정으로, 아무것도 모른다는 듯 어깨를 으쓱했다.

"흠 그렇게 나온다 이거지."

대혁은 아이템 슬롯을 열었다. 거기서 검은 봉투아이콘 슬롯에 손을 넣어 꺼냈다.

쑤우우욱.

아무것도 없는 허공에서 불쑥 커다란 봉지가 나타난다.

봉투로 가려져 있는데도 달달한 냄새가 훅 풍겨온다.

"……어?"

그 봉투의 내용물에 대해 짐작한 파모라의 표정이 변했다.

파모라의 표정변화를 확인한 대혁이 씩 웃고 일격을 날렸다.

"스낵, 캔디, 초코류. 뉴욕에서 직구한 종합 선물세트다. 먹고 싶지 않으면 말던가?"

"주, 주, 주인님!"

파모라는 즉시 꼬리를 내리고, 대혁이 결계에 출입할 수 있게 만들어줬다.

◆

무토 요시노리. 종현량. 그리고 오천락까지.

그들은 반갑게 대혁을 맞이했다.

사실 그들 하나하나가 전세계 각지로, 대혁의 명을 받아 마나스톤을 찾기위해 뿔뿔이 흩어졌었다.

그랬다가, 대혁이 먼저 찾았으니 요새로 돌아가라는 지시를 받고 먼저 돌아온 참이었다.

"오천락. 어떤가? 좀 지낼만 해?"

대혁은, 가장 최근에 골렘의 일원이 된 오천락을 향해 물었다. 오천락은 양손을 들어올리며 이상없다는 제스쳐를 취하곤 대답했다.

"뭐, 골렘이란 몸이 이물감이 거의 없더군. 사실 난 놀라워. 이게 뭔가 싶기도 하고. 이건 거의 신이 인간을 만들어내는 수준 아닌가?"

"키키킥. 똥빨이 늘었군."

종현량이 웃으며 말했다. 종현량은 사실 레버넌트에 있을 당시, 오천락의 하위서열이었다.

골렘이 되면서 전세가 역전됐다. 물론 오천락이 여전히 힘은 더 강하기 때문에, 둘은 엎치락 뒷치락 대화로 싸웠다.

"현량아 많이 컸다."

"원래 하늘에서부터 재면 내가 더 컸어."

"……."

믿을 수 없이 유치한 대화를 나누는 둘을 무시하고 대혁은 자리에서 일어났다.

"어디 가십니까?"

무토 요시노리가 물었다.

"지하에 좀."

대혁은 챙겨온 앰플스톤을 우선 작업장에 옮겨놓을 생각이었다.

대혁이 떠난 뉴욕.

헌터 협회.

김의 말대로 대혁이 없다고 해도, 뉴욕이 강한 헌터들의 둥지인 것은 맞다.

그러나, 대혁의 말도 일부 들어맞았다.

연이어 사건이 터지기 시작한 것이다.

정확히는 뉴욕이 아니라, 대서양 쪽.

해상위의 감옥, 허락받지 않은 자는 엄격히 입출을 통제하는, 지구상 가장 삼엄한 그 곳에, 비상이 일어났다.

"밴프라이즌에서 폭발이 일어났다고요?"

페르낭 그라비가 자리를 박차고 일어났다. 그의 비서 줄리언이 급박한 표정으로 보고했다.

"어쩌다가…?"

"지금 사건의 경위를 파악하고 있다고 합니다. 문제는 B동의 일부 시설이 파괴되면서 탈옥이 우려된다는 겁니다."

"B동이라면…?"

"A급 위험군으로 분류되는 블랙헌터들이 수감되어 있는 곳입니다."

"이, 이런…! 현재 경계 상황은 어떻습니까?"

"물론 폭발이 일어났다고 해도, 여전히 밴프라이즌은 안에서나 밖에서나 철옹성입니다. 교도관들과 교도소장님인 자하드님이 계시니까요. 하지만 한 번도 이런 일이 없었기에 우려가 되는 것또한 사실입니다."

페르낭 그라비는 이를 까득 깨물었다. 그 역시 현 상황은 쉽게 판단을 내릴 수 없는 게 사실이었다.

짧게 생각을 한 페르낭은 결론을 도출했다.

"저 역시 걱정되는군요. 15분내 대동할 수 있는 S급 헌터를 10명만 수배해주세요. 지금 당장 제가 가보겠습니다."

◆

블랙헌터 1만여 명을 수감하고 있는 지상 최대의 '절지.'

밴프라이즌.

그곳의 수감자는, 죽어서는 그곳을 나올수 있어도 살아서는 절대 되돌아 나올 수 없다.

각종 기관들과 마법방어체계. 그리고 존재 자체가 수감자들에게 폭력이나 마찬가지인 막강한 교도관들이 존재한다.

특히나 교도소장인 자하드는, 대격변 이전의 능력자중 하나다.

그리고 대격변 이후 미국을 통틀어서도 5손가락 안에 들어간다는 초강자였다.

투다다다다!

밴프라이즌의 상공.

높은 고도에서 헬기의 프로펠러가 돌아가면서 거친 소음을 만들어냈다.

헬기에 타고 있는 인물들은, 페르낭 그라비를 제외하고 S급 헌터 10여 명.

15분만에 S급 헌터 15명을 구한다는 것은, 뉴욕이 아니고서는 불가능한 이야기였다.

15분만에 급조될 수 있는 팀중엔 최강이라고 평할만 했다.

그들이 밴프라이즌의 상공에서 바다 한가운데 떠 있는 교도소를 내려다 보았다.

상태는 들었던 것보다 더 심각했다.

거대한 돔형 건물 곳곳에 불이 옮겨 붙어 있었고, 아예 부숴져 나가 철썩 거리면서 침수가 시작한 곳도 있었다.

페르낭 그라비가 헬기안에 있는 인물들을 돌아보았다.

하나같이 역전의 용사들이지만, 표정이 굳어 있었다.

전투직전이라 그런것도 있겠지만, 한 번도 함락된적 없던 절지가 일견 허무하게 보일정도로 쉽게 반파되어 있는 까닭이기도 하리라.

"저 안에는 일만 명의 적이 있습니다. 결코 간단하게 마음을 먹어선 안되겠지만, 그렇다고 경직될 것도 없습니다."

페르낭 그라비 역시, 지금껏 다른 블랙헌터들을 상대하면서 한 번도 져 본 적이 없었다.

오히려 그는 늘 압도적인 우위에서 싸워왔다.

그래도 이번만은 긴장될 수 밖에 없었다.

밴프라이즌과 교도소장 자하드에 대한 위명은 그가 부회장이 되기전부터 귀에 못이 박히도록 들어왔었다.

페르낭 그라비가 단호한 목소리로 입을 열었다.

"갑시다."

S급 헌터들 모두가 고개를 끄덕거렸다.

고도가 200m가 넘었다. 하지만 최강의 헌터들인 그들에겐 그렇게 제한되는 높이도 아니었다.

헬기 문을 열고, 그들은 망설임 없이 하나씩 까마득한 밑으로 몸을 날렸다.

낙하산 하나 메고 있지 않았지만, 그들의 움직임엔 조금의 거리낌도 없었다.

하나 씩 밑으로 내려가고, 헬기엔 스피어 마스터와 페르낭 그라비만 남았다.

"먼저 가지."

스피어 마스터가 짧게 말했다. 페르낭 그라비가 목례했다.

슈욱-!

이제, 헬기엔 조종사를 제외하면 페르낭 그라비만 남았다. 페르낭 그라비 역시 문 앞에 섰다.

"후."

짧게 심호흡을 했다.

이제, 떨어지면 어떤 전투가 연이어 벌어질지 모른다.

마음을 다잡은 페르낭 그라비가 몸을 날리려고 할 때였다.

삐삐삐삐삐삐삐ㅡ!

헬기에서 요란한 경고음이 들렸다.

파일럿이 소리쳤다.

"좌, 좌측방에서 …!"

말은 이어지지 못했다.

콰아아아아앙ㅡ!

거대한 광선 같은 충격파가, 헬기를 덮쳤다.

◆

헬기는 그대로 격추됐다. 프로펠러와 철판이 보기 흉하게 구부러지고, 박살나서 파편이 날렸다.

"……부회장!"

직전에 밴프라이즌의 돔형 지붕위로 내려앉은 스피어 마스터가 소리쳤다. 이미 다른 S급 헌터들은 내려서자마자 모두 안으로 투입된 상황이었다.

남아있는 것은, 헬기를 덮쳐가는 광선의 기척을 느낀 스피어 마스터 뿐이었다.

"이, 이런."

스피어 마스터는 고개를 돌렸다. 광선이 날아 온 쪽. 그곳으로 거대한, 익룡같은 것이 날개를 펄럭이며 날아오고 있었다.

몬스터였다.

와이번(wyvern).

언뜻 드래곤을 연상시키긴 하지만, 그보다는 훨씬 하위의 몬스터.

물론 그렇다고 해도 무시할만한 녀석은 아니다.

그런데 한가지 이상한 점이 있다.

바로 몬스터의 등 위에 사람 몇 명이 탑승해 있다는 것이다.

몬스터, 그 중에서도 성질이 포악하고 인간을 개미만도 여기지 않는 자존심 강한 녀석, 와이번이 자신의 등에 인간을 태우고 비행하고 있다는 것은 눈으로 보지 않았다면 쉽게 믿을 수 없는 광경이었다.

스피어 마스터가 눈을 찡그렸다.

와이번의 등에 타고 있는 놈들.

그중에 한놈은 바로 방금 헬기를 향해 광선을 쏴 격추시킨 놈이 분명했다.

"……번 캐논인가?"

유명한 녀석이었다. 팬텀의 간부중 하나.

정작 팬텀의 로드에 대한 정보는 제대로 알려져 있지

않았지만, 그 측근이라는 번 캐논은 헌터사이에서 꽤나 유명했다.

저 녀석이 망쳐놓은 도시가 한 두곳이 아니다.

그 놈이 스피어 마스터를 내려보며 씨익 웃었다. 오만한 미소였다.

"감히 여기가 어디라고, 하잘것 없는 놈이-!"

스피어 마스터는 내부에서 부터 차오르는 깊은 분노를 느꼈다. 그는 등에 메고있는 투척용 단창하나를 꺼내들었다.

우우우웅-!

창이 공명하며 쇠의 진한 울음소리를 터뜨렸다. 오러가 실리며 선연한 강기가 맺혔다.

"노옴!

스피어 마스터가 일갈을 내지르며 투척용 단층을 집어 던졌다. 그가 던친 단창은 이미 창의 영역에 속하는 무기가 아니었다.

현대의 첨단 화포보다도 무시무시한 위력을 가지고 있다.

슈아아아악-!

궤도에 있는 공기를 통째로 찢어발기며, 단창이 날아갔다.

하지만.

퍼-어어엉-!

어떤 몬스터라도 관통해버릴만한 위력의 공격이, 허무할 정도로 쉽게 막혔다.

바로 번 캐논이 쏜 광선에 의해서였다.

번 캐논이 쏴대는, 이글 이글 타오르는 빛의 광선은, 그의 압도적인 오러총량에서 비롯되는 것이었다.

오러를 전부 열기의 기둥으로 승화시켜 쏘는 기술은 일직선상의 모든 걸 태워버린다.

와이번이 천천히 하강한다. 그 사이에 스피어 마스터가 몇 번인가 더 단창을 집어던졌지만 번번히 막혔다.

모두 번 캐논에 의해서였다. 스피어 마스터가 뿌득 이를 갈았다.

결국 와이번이 밴프라이즌의 돔형 지붕에 내려앉는 걸 막을 수 없었다.

단창이 모두 떨어졌다.

지붕에 내려앉은 와이번이, 동체를 낮춘다. 마치 자신의 등에 타고있는 이들이 내려가기 조금이라도 쉽게 만들기 위하는 것처럼.

'저럴 수가……'

와이번도 '조련'이 가능하다는 사실에 스피어 마스터는 내심 놀라워하고 있었다.

사실 소형 몬스터는 종종 조련에 성공하는 경우도 있었다.

'테이머'라고 해서 그들은 몬스터와의 교감 능력이 특별히 우수하다.

하지만 저렇게 거대한 대형 몬스터를 조련하는 경우는 처음봤다.

아무리 뛰어난 동물원의 조련사라해도, 야생에서 자란 맹수를 길들일 수는 없는것과 마찬가지인 이치였다.

'저 중 하나가 대형몬스터의 조련이 가능한 '테이머' 라는 거겠지.'

하나하나가 만만치 않은 인물일 것이 분명하다.

5명.

와이번의 등위에 올라타 있던 인물들이 하나씩 내려선다.

과연 풍기는 기세가 모두 만만치가 않다.

세번째로 내려서는 번 캐논이 입가에 유들거리는 미소를 띄웠다.

"거 힘 좀 쓰는구만."

"네 놈을 죽이고 나도 오늘 여기에 뼈를 묻겠다!"

스피어 마스터가 자신의 주무기인 장창을 크게 훙훙 휘둘렀다.

땅에 장창을 찍은 스피어 마스터가 힘을 불어넣어 소리쳤다.

오리하르콘으로 만든 이 창은 절대 부러지지 않는다.

스피어 마스터의 성정과도 비슷했다.

그는 오늘, 이 창과 함께, 절대로 적들에게 굽히지 않고 당당하게 싸울 생각이었다.

"금속인가요?

여성의 목소리다. 네 번째로 내린 소녀같은 인상.

금속의 표면처럼 서늘한 냉기가 표정에 감돈다.

머리도 표정을 닮은 은백색이다.

그녀가 손을 뻗었다.

"허억!"

스피어 마스터가 헛바람을 들이켰다. 쥐고 있는 장창이 미친듯이 요동치기 시작했다.

"무, 무슨!"

완력만으로는 부족하다. 스피어 마스터는 오러를 불어넣었다. 거세게 요동치던 장창이 잠잠해지는가 싶더니, 이제는 휘어지기 시작했다.

스피어 마스터의 눈이 더 커질 수 없을 것처럼 확장되었다.

오리하르콘이 어떤 금속이던가?

특수한 방식이 아니고서는 결단코 오리하르콘이 휘어지거나, 부러지는등의 형태변화를 일으킬수 없다.

스피어 마스터는 휘어지는 오리하르콘제 장창을, 양손으로 막으며 소녀를 노려보았다.

분명히 저 소녀가 일으키는 변화리라.

"크크큭. 제 무기하나도 제대로 간수하지 못하는면서, 누굴 막겠다고."

번 캐논이 비웃음을 터뜨렸다.

와이번의 등 위에서 마지막 인물이 내렸다.

그는 거의 존재감이 없는 듯했다. 얼굴도 평범하게 생겼고, 기척도 특별하지 않다.

그냥 얼굴을 보면, 곧바로 잊어버릴만한 인상.

"그렇지 않습니까? 로드."

번 캐논이 그를 향해 물었다.

스피어 마스터가 눈을 부릅떴다. 번 캐논이 로드라고 부를만한 자라면, 그가 바로 팬텀의 수장!

"죽여라."

팬텀의 로드가 입을 열었다. 평범한 인상이란걸 모두 짓뭉개버릴 정도로 압도적인 위압감이 순간 퍼져나왔다.

그와 함께 겨우 휘어짐을 막아내고 있던 창대가 엿가락처럼 구부러졌다. 창대는 마치 구렁이처럼 움직여 스피어 마스터의 양팔을 꽁꽁 묶었다.

"끄그그극!"

스피어 마스터가 온 힘을 들여 벗어나려고 했지만, 불가능했다.

이미 구부러진 오리하르콘 창은, 절대 다시펴지지 않았다.

"……"

스피어 마스터는 허탈하게 웃었다. 자신과 함께 많은 전장을 넘어들던 창이 이제 자신의 몸을 옥죄고 죽음으로 인도하고 있다니.

"태워 죽여줄게."

번 캐논이 말했다. 그의 몸에 아지랑이가 피어오르듯 백열하기 시작했다.

"이노옴! 혼자가지는 않겠다!"

양팔이 오리하르콘 창으로 묶여 움직일 수 없다곤 하지만, 다리와 몸은 멀쩡했다.

스피어 마스터는 몸안의 모든 오러를 끌어올렸다.

단전, 즉 오러홀이라는 곳에 위치한 오러를 바닥까지 끌어올리며 땅을 박차고 돌진했다.

동귀어진의 수를 택한것이다.

그리고 그 방법은 단순한 몸통 박치기.

단순하지만 닿기만 한다면 효과는 확실할것이다.

"허억!"

그러나 스피어 마스터는 몇걸음 떼어놓지도 못하고 바닥에 자빠졌다. 오러뿐만 아니라 온몸의 기력이 다 빨려나가고 있다.

스피어 마스터가 간신히 고개를 들어올렸다.

"허억……."

자신의 오러와 생체에너지가 모조리 팬텀의 로드에게로 빨려들어가고 있다.

이 능력은 마치 부회장 페르낭 그라비와도 흡사하다.

스피어 마스터는 겨우 고개를 들어 하늘을 올려보았다.

페르낭 그라비!

그는 어떻게 된 것인가?

정말로 죽었단 말인가?

"……."

스피어 마스터의 시야가 점차 흐려지기 시작했다. 죽음이 다가오고있었다.

저벅 저벅.

와이번의 등에서 내린 팬텀의 인원들이 가까이 걸어오는 소리가 들렸다.

"어이쿠. 미라가 다 됐네. 그냥 죽여주고 싶지만, 건방떤 게 있으니까 마지막까지 골골대다가 죽어보라고~"

번 캐논의 목소리가 들렸다.

그게 마지막이었다. 시야와 함께 머릿속이 스위치를 내린 것처럼 새까맣게 변했다.

수 많은 전장에서 활약하던 스피어 마스터의 최후였다.

◆

"허억!"

깊은 바닷속으로 끌어 당겨지던 부회장 페르낭 그라비는 번쩍 눈을 떴다.

그는 눈을 뜨자 마자 상황파악을 시작했다. 검푸른 물결.

전신을 짓누르는 심해의 압력.

"……!"

그리고 헬기에서 불의의 일격(광선)을 허용한 것까지 기억이 닿았다.

순간적인 기지를 발휘해서, 공격의 일부를 에너지 드레인으로 빨아들이지 않았다면 아마 치명타를 입었을수도 있다.

하지만, 그의 순발력으로 인해 짧게 정신을 잃은 정도로 피해를 막았다.

"흡!"

상황파악이 끝나자마자 숨이 막혀왔다. 페르낭 그라비는 팔다리를 휘저어 수면으로 치고 올라갔다.

"푸하―!"

머리가 수면밖으로 나오자마자 페르낭 그라비는 크게 숨을 들이쉬었다.

"후우… 후우…."

심호흡을 하면서 호흡의 안정을 되찾은 그는 고개를 돌렸다.

밴프라이즌.

블랙헌터들의 묘지라 불리던 곳이 약 100여m 떨어진 곳에 보였다.

페르낭 그라비는 오러를 끌어올려 수면을 박찼다.

단숨에 100여m를 달려간 그는 돔형 건물을 타고 올랐다.

"······."

몸이 안정을 되찾아가면서 다른 기억들도 서서히 살아났다. 헬기에서 공격을 맞기 직전, 페르낭 그라비는 분명히 와이번을 타고 날아오는 인물들을 봤었다.

'그들은 누구지······? 탈옥과 관련이 있는 자들인가?'

그 생각을 하면서 S급 헌터들을 내려줬던 지붕을 타는데, 미라같은 몰골이 누워있는게 보였다.

페르낭 그라비가 눈을 부릅떴다.

그는 서둘러 미라에게 다가갔다.

"······."

비록 생전의 모습은 모두 잃고, 비쩍 마른 상태였지만 페르낭 그라비는 그가 누군지 단박에 알 수 있었다.

바로 스피어 마스터다.

그의 팔을 묶은 창.

그가 입고 있는 복식 등을 봤을 때 두 말할 것도 없이 스피어 마스터였다.

"으아아아아아아!"

스피어 마스터의 앞에 무릎을 꿇고 분노를 토해낸 페르낭 그라비가 양손으로 바닥을 찍었다. 강철로 덮여있는 지붕이 움푹 패였다.

"이런 개자식들!"

페르낭 그라비의 입에서, 그답지 않게 거친 욕설이 흘러나왔다.

스피어 마스터는 페르낭 그라비와 꽤 가까운 사이였다.

그게 아니더라도, 그가 호출한 헌터가 이런식으로 허무하게 죽임을 당했다는게 그를 분노케했다.

페르낭 그라비는 이를 까득 깨물며 외투를 벗어 스피어 마스터를 덮어줬다.

"하나도 놓치지 않고 모조리 죽여주마."

페르낭 그라비는 돔형 지붕의 뚫린 공간을 통해서, 밴프라이즌의 내부로 들어갔다.

"……."

밴프라이즌은 블랙 헌터 수감자만 1만여 명을 초과하는 곳이다. 그러니만큼 어마어마하게 넓었다.

안에서도 사람을 찾는게 쉽진 않을 거라 생각했지만 그렇진 않았다.

내부는 아비규환이었다.

교도관들과 탈출한 블랙헌터들이 뒤섞여 싸움을 벌이고 있었다.

쾅쾅 거리면서 뭔가 터지는 소리, 창칼이 부딪히는 소리, 인간이 내지르는 비명소리가 가득했다.

피가 흐르는 전장이었다.

"저, 저 놈! 이놈 헌터협회 부회장이다! 저 놈을 죽여라!"

블랙헌터중 하나가 페르낭 그라비를 발견하고 소리쳤

다. 그리곤 어디서 구했는지 도끼를 휘두르며 달려들었다.

페르낭 그라비가 손을 뻗었다.

슈아아아악!

그의 손바닥이 인력을 뿜어 달려드는 블랙헌터를 빨아들였다.

덥썩!

블랙헌터의 면상이 페르낭 그라비의 손에 들어찼다.

"으, 으으으으! 으아아아악!"

블랙헌터는 도끼를 떨구고 비명을 질렀다. 그의 살이 급속도로 말라가며 쭈글 쭈글해졌다.

스피어 마스터가 당한 것과 똑같은 몰골이 되어서야, 페르낭 그라비는 그를 놔줬다.

이미 생기를 모조리 빨린 블랙헌터의 몸이 추욱 늘어졌다.

그를 향해 달려들려던 다른 블랙헌터들이 주춤했다.

페르낭 그라비가 목울대를 올리며 소리쳤다.

"뭣들하느냐!? 덤비지 않고! 좋아! 먼저 덤비지 않는다면 내가 먼저 죽여주마!"

페르낭 그라비가 악귀처럼 변해, 블랙헌터 무리로 파고들었다.

　　　　　　　　　　　◆

　분기탱천한 페르낭 그라비의 모습은 마치 한 마리의 사
자 같았다.

　그리고 페르낭 그라비의 공격을 받아내야 하는 블랙헌터
들의 모습은 겁 많고 순한 양처럼 보였다.

　다른 곳도 아니라 밴프라이즌에서, 그곳에 수감된 흉악
범들을 겁쟁이로 만들어버린다는 점에서 페르낭 그라비의
신위가 어느 정도인지 드러나는 부분이었다.

　슈아아악!

　페르낭 그라비가 양손을 뻗었다. 그의 손아귀로 도망가
려던 블랙헌터 두 명이 빨려 들어왔다.

　페르낭 그라비는 움켜쥔 손아귀로부터 에너지를 끌어들
임과 동시에 머리를 쥐어짜냈다.

　그의 악력은 사람의 머리통정도야 오렌지를 짜내는 것보
다 쉬운 일이었다.

　"커어억!"

　머리가 빠개지는 통증도 통증이지만, 에너지가 빨리는
통증에 블랙헌터 둘이 비명을 질렀다.

　생체 에너지를 빨리는 느낌은 어떤 것과도 비교할 수 없
다.

　수 십년에 걸쳐 진행될 노화를 한 번에 겪는 통증.

　그것은 불에 지지거나, 칼에 베이는 통증과도 비견할

수 없다.

정신적인 무력감과 신체적인 강탈감이 동시에 느껴지는 것이다.

페르낭 그라비는 쥐어짜낸 둘의 몸을 집어던졌다.

그들의 몸은 마치 고목나무처럼 빳빳하게 말라죽어 있었다.

"허어억!"

벌써 십수 명의 헌터들이, 페르낭 그라비에게 에너지를 빼앗겨 바닥에 나동그랐다.

블랙 헌터들을 죽일수록, 페르낭 그라비에겐 오히려 힘이 넘쳐났다.

열댓 명의 힘을 한 몸으로 흡수한 페르낭 그라비는 지금 S급의 범주조차 아득히 초월한 상태였다.

블랙 헌터들을 상대로, 힘겹게 싸움을 이어가던 교도관 하나가 위기에 쳐했다.

교도관과 블랙헌터들의 구분은 쉬웠다.

교도관은 교도복을 입고 있고, 블랙헌터들은 죄수복을 입고 있었으니까.

페르낭 그라비는 손을 뻗어 흡수했던 에너지의 일부를 방출했다.

츄아아아아아악-!

폭류하는 에너지의 방출에, 쓰러진 교도관의 수급을 베어내려던 블랙헌터의 몸이 먼지처럼 흩어졌다.

페르낭 그라비가 교도관을 잡아 일으켰다.

"괜찮습니까?"

"예."

교도관은 탈구된 자신의 어깨를 스스로 끼워넣었다.

그러면서 작은 신음조차 흘리지 않았다. 밴프라이즌의 교도관답게, 그는 철저하게 훈련받은 존재였다.

"싸울 수 있겠습니까?"

"물론입니다."

교도관이 땅에 떨어진 톤파를 주워들었다. 특수합금으로 만든 톤파는, 교도관의 오러에 반응해 지이잉하고 울었다.

페르낭 그라비는 격한 전투가 벌어지고 있는 내부공간을 일견했다.

이대로 잔챙이들과 싸우면서 시간을 보내는것보다 중요한 일이 있다.

"지금 교도소장님은 어디계십니까?"

"아마도 S급 수감자들이 수감되어있는 D에이리어에 있을겁니다. 제가 안내하겠습니다!"

"부탁드리겠습니다."

교도관이 달려 나갔다.

덤벼드는 블랙헌터는 톤파를 휘둘러 턱을 부숴놓았다.

간간히 많은 숫자가 달려들면 페르낭 그라비가 고여놨던 에너지를 방출하거나 빨아들여 죽였다.

난전이었다.

블랙헌터들이 없는 곳이 없었다.

만약 이곳에 밴프라이즌이 아니었다면, 그리고 이들이 밴프라이즌의 교도관들이 아니었다면 전세는 벌써 급격히 넘어갔을 것이다.

페르낭 그라비와 그를 안내하는 교도관은, 계단을 한번에 뛰어오르고, 복도를 내달리고, 내부 분할되어 있는 건물을 뛰어넘었다.

챠킹!

짧은 금속성이 들리고, 달려 나가던 교도관의 팔이 잘려 나갔다. 코너를 돌자마자 벌어진 일이었다.

"큭."

참을성있는 교도관 조차 순간적인 격통을 참지 못하고 신음을 흘렸다.

챙!

재차 공격이 들어왔다. 페르낭 그라비가 에너지를 방출해 공격을 막았다.

교도관을 뒤로 당기며, 페르낭 그라비가 전면에 나섰다.

생김새는 다르지만 묘하게 비슷한 부위기를 풍기는 블랙헌터 두 명이이 서 있었다.

"공격을 막았는데요 오빠?"

"내 검을 막았어? 동생?"

벌써 수 많은 교도관들이 그들의 주변에 너저분한 육편으로 화해있었다. 팔, 다리, 몸의 각부위가 난도질해 분리되어있다.

혈향이 혹하고 끼쳐왔다.

페르낭 그라비가 이를 까득 물었다.

그 시체더미 한가운데는, 페르낭 그라비와 함께 헬기를 타고 밴프라이즌을 찾은 S급 헌터, 라이트 애로우도 있었다.

그의 주무기인 활이 바닥이 아무렇게나 나뒹굴고 있다.

"이런, 찢어죽일⋯⋯!"

페르낭 그라비가 분노에 노호성을 뱉었다.

"오빠를 죽인다는데요?"

"동생을 죽인다는데?"

둘은 만담이라도 하듯이 같은 말을 반복했다.

페르낭 그라비가 손을 뻗었다.

그의 손에서 에너지 드레인이 발동하면서, 강력한 인력이 발생했다. 그러나, 두 사람의 몸은, 여지껏 블랙헌터들과 다르게 땅에 못박힌 듯 움직이지 않았다.

"⋯광인남매⋯ 이곳에 수감되어 있는 블랙헌터중에, 포식자를 제외하면 가장 위험군에 분류되는 자들입니다.크윽⋯."

뒤에서, 한쪽팔이 날아가 콸콸흘러내리는 피를, 남은

팔로 억지로 막고 서 있는 교도관이 말했다.

페르낭 그라비가 고개를 끄덕였다.

그가 땅을 박찼다. 한치의 망설임도 없이 곧바로 광인남매를 처리할 생각이었다.

여기서 지체할 시간은 없다.

빨리 교도소장에게 가서, 이 밴프라이즌 습격사건의 진상을 알려야 한다.

와이번을 타고 혼란을 틈타 들어온 녀석들.

그녀석들의 진짜 목적은 따로 있을 것이다.

"오빠 저 녀석이 달려드는데요? 우리를 죽이려는 건가봐요!"

"동생! 놈이 달려드는데 좀 막아봐! 우릴 죽이려나봐?!"

페르낭 그라비는 여기까지오면서 꽤 많은 에너지를 먹어치웠다.

당장 이 에너지를 이용하면 광인남매는 어렵지 않게 상대할 수 있을 것이다.

쐐에에엑!

달려들던 페르낭 그라비를 향한 파공성이 울렸다.

페르낭 그라비는 즉시 몸을 멈추고 뒤로 몸을 튕겼다.

페르낭 그라비의 앞으로, 아슬아슬하게 화살하나가 지나간다.

"……."

검은빛깔의 화살.

페르낭 그라비가 화살이 날아온 쪽으로 고개를 돌렸다.

그곳엔 안면을 시커멓게 칠한, 블랙헌터가 활을 들고 있었다.

"다크 애로우…."

일찍이 S급 헌터인 라이트 애로우와는 라이벌 관계에 있던 궁수다.

사도의 길을 걸으며 블랙헌터가 된 이후, 이 밴프라이즌에 수감되게 되었다.

다크 애로우가 다시 시위를 당겼다. 페르낭 그라비는 이제, 광인남매와 다크애로우까지 한꺼번에 상대해야 한다.

슈우우우우우! 꽝!

그때, 또 하나의 인물이 추가되었다. 전신의 반을 덮은 수북한 털.

인간이 아니라 짐승같은 외양.

뿜어대는 거친 콧김.

"…비스트."

비스트.

이름 그대로 야생동물같은 신체능력과 감각을 지닌 놈이었다.

늑대인간일족인 라이컨슬로프와 인간의 혼혈.

늑대인간에도, 인간에도 섞이지 못한 이 블랙헌터는 그

이유로 사람을 해치기 시작했다.

지금 등장한 인물들은 사회에 있을땐 모두 악명을 떨쳤던 자들이다.

밴프라이즌에서 역시 포식자의 바로 밑단계로 분류될정도로 그 면면이 막강한자들.

아무리 페르낭 그라비라해도 쉽지 않은 싸움이 될 것은 자명했다.

"얼른 이 놈을 죽이고 여길 빠져나가지."

비스트가 말했다. 광인남매와 다크애로우는 모두 그 말에 동감했다.

쉬이이익-!

다시 화살하나가 탄환보다 빠른속도로 페르낭 그라비의 미간을 노렸다. 페르낭 그라비는 손을 뻗었다. 다크 애로우의 화살은 유형화된 에너지.

페르낭 그라비의 에너지 드레인으로 빨아들이지 못할 이유가 없다.

슈와와아아악-!

다크 애로우의 화살이 연기처럼 분해되어 페르낭 그라비에게 흡수되었다. 그사이에 비스트가 달려들었다.

꿍꿍꿍!

바닥을 찍으며 달려든 비스트는 어깨치기로 페르낭 그라비를 쳤다.

페르낭 그라비는 얇은 에너지의 막을 방사해, 비스트와

자신의 사이에 집어넣었다.

그것이 에어백과도 같은 완충제 역할을 했다.

푸우-!

뒤로 떠오른 페르낭 그라비가 바닥에 땅을 딛자마자 말했다.

"여기서부턴 저 혼자 가겠습니다. 위험하니까."

"…예."

함께 싸우고싶다고 말하려던 교도관이지만, 이 전황은 자신이 끼어들어봤자 민폐만 된다는 것을 곧 깨달았다.

"꼭, 이기시길."

짧게 말을 남긴 교도관이 뒤를 돌아서 뛰어갔다.

쒸이이익-!

놓치지 않겠다는 듯 다크 애로우의 검은 화살이 교도관의 뒤통수를 노리고 날아들었다.

"어딜!"

페르낭 그라비가 손을뻗었다. 다크 애로우의 화살이 다시 연기로 흩어졌다.

"오빠! 얘네들 너무 약한데? 우리가 끝내야겠어!"

"동생! 비스트와 다크 애로우는 원래 약한 애들이야! 우리들이 끝내야해!"

광인남매가 진득한 미소를 안면에 올렸다.

그들은 수십명의 교도관을 죽이면서 이미 온 몸이 피에 절어있었다.

얼굴도 점점이 튄 피로 섬뜩하게 보였다.

그들은 혈조(血爪)라 불리는 기술을 사용한다. 몸에 튀었던 피, 얼굴이 튀었던 피, 주변에 있던 블랙헌트들의 피가 츠츠츠츠, 그들의 손톱끝으로 모여든다.

각자의 열손가락 끝에, 피로 이루어진 커다란 피의 손톱이 맺힌다.

이 손톱은 웬만한 명검 못지 않는 날카로움을 지니고 있다.

"끼하하하하하하!"

"으하하하하하하!"

광인남매는 광소를 흘리며 달려들었다. 페르낭 그라비가 미처 에너지 드레인을 사용할 겨를도 없이, 혈조를 이용한 공격이 물샐틈없이 빼곡하게 페르낭 그라비의 전신을 노렸다.

머리, 상체, 하체, 팔, 다리 한곳도 안심할 수 없었다.

둘의 공격은 마치 팔이 네 개달린 인간이 공격하는 것처럼 호흡이 척척맞아들어갔다.

페르낭 그라비는 그들의 공격을 피하면서, 간간히 에너지를 발출했다.

풋!

광인남매를 향해 뻗어나간 에너지가, 혈조에 의해 갈려나갔다.

페르낭 그라비와 광인남매의 싸움은 페르낭 그라비의

약우위.

그러나 비스트와 다크 애로우가 끼어들자, 싸움의 승산은 저 쪽으로 넘어갔다.

'칫.'

페르낭 그라비는 혀를찼다. 이 네 명은 S급도 뛰어넘는 블랙헌터들이다.

그렇다고 해도, 페르낭 그라비는 이길 자신이 있다.

문제는 마음가짐이었다.

빨리 이들을 없애고 지나가야한다는 마음이 그를 조급하게 만들었다.

덕분에 페르낭 그라비의 몸에 자잘한 상처들이 조금씩 늘어갔다.

"꺄하하하하! 곧 목을 딸 수 있을 것 같아 오빠!"

"흐하하하하하! 곧 썰어죽일 수 있을 것 같아 동생!"

페르낭 그라비가 마음을 추스르고, 싸움의 우위를 자신에게 끌어오기 위해 신중을 가할때였다.

꽈아아아앙-!

옆쪽 벽면이 통째로 터져나갔다. 터진 철벽이 달려들던 광인남매와 비스트를 덮쳤다.

광인남매와 비스트는 철벽을 맞고 날아가 처박혔다.

"……"

페르낭 고개비가 벽이 터져나간쪽으로 고개를 돌렸다.

먼지가 풀풀 피어오르는 그곳에서 익숙한 얼굴 하나가

모습을 드러냈다.

하얀머리와 수북한 흰수염.

30대 후반에서 40대 초반정도로 보이는 얼굴.

떡 벌어진 어깨와 장대한 체구는 그 등장만으로도 위압감을 줄기 줄기 뿜어댔다.

남자는 부리부리한 눈으로 장내를 훑었다.

페르낭 그라비는 남자가 누구인지, 즉시 알 수 있었다.

떨쳐내는 주먹은 산이라도 부술수 있는 거력이 담겨있다는 사내.

대격변 이전부터 능력자였으며 현재도 미국에서 다섯손가락 안에 들어간다는 초강자중의 초강자.

바로 철권(鐵拳 : iron fist), 자하드였다.

◆

"부회장. 노고가 많소."

자하드의 굵직한 목소리. 페르낭 그라비는 천군만마라도 얻은 듯 했다.

페르낭 그라비가 고개를 끄덕였다.

"소장님. 안그래도 찾고 있었습니다. 드릴 말이 있습니다."

자하드가 고개를 끄덕였다.

부숴져 나갔던 철벽이 들썩거렸다. 자하드가 주먹을

움켜쥐었다. 주먹에 거센 경기의 폭풍이 실린다. 그의 능력은 별것없다. 그저 압도적인 '주먹질' 이 전부다.

자하드가 씹어뱉듯이 말했다.

"우선 이 경우없는 탈옥수들부터 처리하고 얘기를 나눕시다."

자하드의 말에 페르낭 그라비도 양손으로 에너지를 끌어올렸다.

파-앙!

들썩거리던 철벽이 높이 떠올랐다. 동시에 그 밑에 깔려있던 광인 남매와 비스트가 쏜살처럼 퉁겨져 나왔다. 비스트는 페르낭 그라비를 향해, 광인남매는 자하드를 향해 달려들었다.

광인남매의 혈조.

피로된 혈조의 길이가 한순간에 확장된다. 폭도 더 넓어지고, 길이도 길어졌다. 광인남매는 혈조를 마구잡이로 휘두르며 자하드를 공격했다.

명검과도 같은 광인남매의 혈조는 강철도 자른다. 피륙으로 이루어진 인간의 몸을 난도질하는것은 식은죽을 먹는것보다 쉽다.

캉-! 캉캉캉!

피를 굳혀 만든 혈조는 강철과 진배없다. 그 혈조로 자하드의 팔을 두드리는데, 쇠로 쇠를 두드리는 소리가 났다.

광인남매는, 그럴수록 열을 올려 혈조를 폭발적으로 휘둘렀다. 양팔을 쉼없이 휘두르며 네 방향을 점하고 공격을 날렸다. 광인남매의 협공은 마치 한 사람이 공격하는 것처럼 호흡이 맞아들어갔다. 하나가 상단을 공격하면, 다른 하나는 하단을 베어온다. 어쩔 수 없이 가드를 나눠야 할 상황을 만들고, 빈틈을 노리는 것이다. 보통 헌터라면 벌써 몇 번이고 광인남매의 합공에 의해 팔이나 다리, 신체부위 한군데가 잘려나갔어야 할 터. 그러나 그런 광인남매의 공격은 단 하나도 빠짐 없이, 자하드의 팔에 막혔다.

캉! 캉캉캉!

팔과 혈조가 부딪힐때마다 쇳소리가 났다. 보통 사람이라면 눈으로 쫓아가지도 못할 속도로 공방을 펼치면서, 자하드의 입가엔 점점 미소가 떠올랐고 반대로 수다스럽던 광인남매의 입매는 일자로 굳어갔다.

덥썩.

마침내, 덥쳐오던, 광인남매의 혈조가 동시에 자하드의 손에 붙들렸다. 자하드는 씨익 입꼬리를 말아올렸다. 수세에 몰린 것처럼 보였지만, 그는 완벽한 방어와 기회를 노린 거였을뿐, 전투를 뜯어보면 실상은 자하드의 완승.

"어이쿠. 드디어 이 이쑤시개 같은 것들을 잡았군."

짱강!

자하드는 혈조를 잡아 구부러 뜨렸다. 혈조가 깨져나갔다.

"치익!"

"쳇!"

광인남매는 곧바로 혈조를 재형성하려고 했지만, 자하드가 더 빨랐다. 자하드의 주먹이 광인남매중 오빠의 면전위로 벼락처럼 떨어졌다.

쩌억-!

면상이 으깨지고 이빨이 부서져 튀어오른다. 코피로 허공에 선을 그리며 뒤로 나가떨어지는 광인남매중 오빠의 면상을 붙잡은 자하드는, 그대로 바닥에 찍었다.

"오빠!"

광인남매중 동생이 그 이름을 불렀지만 이미 그는 머리가 깨져 죽었다. 자하드가 일어서면서, 뒤로 발을 찼다.

팡!

단순한 발차기지만 공기를 찢었다.

동생은 양팔을 교차시켜 발을 막았지만, 소용 없었다.

콰드득!

자하드가 팔로 광인남매의 공격을 막아내던 것과는 달리, 광인남매에겐 자하드의 공격을 막을 수 있는 방어능력이 없었다.

자하드의 공격을 막은 팔의 뼈가 수수깡처럼 부러졌다. 그 흉곽의 뼈도 함께 가라앉았다. 심장과 폐를 비롯한 장기들이 터져나갔다. 그녀는 그대로 쓰러졌다. 칠공에서 핏물이 줄기 줄기 뿜어져나왔다.

"……."

자하드는 광인남매를 처리하자마자 고개를 돌렸다.

페르낭 그라비 역시 막 비스트를 처리한 참이었다. 2.5m가 넘는, 변이한 라이컨슬로프의 팽창된 육체가, 마치 바람빠진 풍선처럼 쭈그러든다. 페르낭 그라비가 에너지 드레인을 통해 비스트의 생체에너지를 모조리 빨아들인것이다.

"후우우우⋯."

페르낭 그라비가 길게 한숨을 내쉬었다. 비스트의 생체에너지는, 지금까지 흡수한 블랙헌터들의 에너지 보다도 많았다.

S급 이상가는 블랙헌터의 에너지를 한꺼번에 흡수하는 것은 페르낭 그라비에게도 잠시의 유예를 필요로 하게 하는 대용량이었다.

"역시 부회장이군."

자하드가 씩 웃었다. 페르낭 그라비는 자하드의 젊은 시절을 꼭 닮았다. 능력의 특질이 그렇다는 것이 아니라, 그 강함이 그렇다.

강함과 출중함.

자하드가 가장 중시하는 덕목이었다. 페르낭 그라비는 둘 모두를 갖췄다.

기준치 이상.

그게 자하드가 페르낭 그라비를 좋아하는 이유기도했다.

"소장님은 여전히 정정하시군요."

"나야 신경쓸 일이 많아서 머리색만 이럴뿐이지. 항상 운동을 게을리 하지 않으니, 육체의 노화는 적은 편이지."

자하드의 신위는 역시 그 위명에 걸맞는다고 생각하는 페르낭 그라비였다.

"그래 할말이 있다는 게 무엇이오?"

"밴프라이즌의 탈옥 사건, 아무래도 우연이 아닌 것 같습니다."

"안 그래도 나 역시 그리 짐작하고 있었지."

"그게 무슨 얘깁니까……?"

"최근에 수감된 탈옥수중 한 명. 아마 부회장도 잘 알고 있는 이름일것이오. 팬텀의 '잭슨' 이란 이름."

잭슨.

바로 얼마 전에 페르낭 그라비가 직접 잡아 넣은 녀석이다. 스피어 마스터의 집에 그를 죽이기 위해 찾아갔던 레이디 어쌔신. 그녀와 함께 있던 녀석으로, 에너지를 빨아들인다는 능력이 페르낭 그라비와 흡사하다는게 소름끼친다는 점을 빼면, 별다른 특이점은 없는 놈.

팬텀에서도 주요전력은 아니었으리라.

심지어 레이디 어쌔신 조차 그를 버리고 달아났을 정도니까.

"예. 알고있습니다."

"폭발의 방향이 그녀석을 수감했던 쪽이라 수상쩍어 지

골렘의 장인 5

금 그 쪽으로 다녀 오는 중이지. 내 생각대로였소. 놈의 능력인지, 아니면 애초에 특수한 폭탄을 설치해놓은 건지, 놈이 폭발을 일으킨 거였어."

"……그럴 수가."

그 얘기는 곧, 팬텀이 처음부터 이 폭발을 계획했다는 얘기였다. 페르낭 그라비의 머릿속에, 지금까지 단편적이었던 정보들이 짜맞춰지기 시작했다. 김에게서 들었던, 포식자의 탈옥을준비하고 있다던 팬텀. 그리고 아까 와이번을 타고 밴프라이즌을 향해 날아오던 인물들.

"소장님. 지금 이런 잔챙이들의 탈옥은 문제도 아닌 것 같습니다."

"그게 무슨 말이오?"

"이곳에 도착하자마자, 저는 밴프라이즌 외부에서부터 제 3자의 공격을 받았습니다."

"……."

"아마 폭발을 이용해서 혼란을 일으키고, 추가적인 병력이 진짜 '목적' 을 달성하기 위함인듯 싶습니다."

"진짜 목적이란 무엇이지? 짐작가는 바가 있소?"

"그건 바로……."

후우.

페르낭 그라비는 한숨을 내쉬었다. 그의 추론이 틀리길 바라지만, 상황은 너무도 절묘하게 그의 상황이 맞아들어가고 있음을 알려준다.

페르낭 그라비가 자신의 생각을 내뱉었다.

"포식자 글러트니의 탈옥입니다."

"포, 포식자의⋯⋯."

페르낭 그라비가 꺼낸 충격적인 말에, 그 철권 자하드조차 표정을 굳혔다. 그 말이 맞다면, 어쩌면 이 문제는 단순히 밴프라이즌에서 일어나는 사건이 아니라, 북미대륙을 덮칠 재앙이 될 수 도 있을것이다.

"과, 관제실로 가보도록 하지."

자하드가 말했다.

포식자 글러트니가 수감되어 있는곳은 절지중의 절지, 밴프라이즌에서도 가장 깊숙하고 경계가 삼엄한 곳이었다.

밴프라이즌의 최하층.

최하층엔 단 하나, 오직 포식자만이 수감되어있다.

그리고 그를 경계하기 위한 A급 헌터 이상 교도관만 500여 명이 상주하고 있다.

밴프라이즌 다른 층에 수감되어 있는 블랙헌터 전체가 탈옥한다고 해도, 최하층에 있는 글러트니만은 밴프라이즌을 벗어나지 못할 것이라고 교도관 사이에서 우스갯소리로 나올 정도였다.

검은 화살 수십 개가 날아들었다. 기회를 노리고 있던 다크 애로우가 자신의 필살기랄 수 있는 발칸 애로우(Vulcan arrow)를 사용한것이었다.

사용시간이 오래 걸리는 만큼, 위력은 확실하다.

만약 피격자가 자하드와 페르낭 그라비가 아니었다면, 육신 전체가 육편으로 화해 사라졌을정도로.

"네 놈이랑 놀아줄 시간은 없다!"

자하드가 주먹을 휘둘렀다. 경기의 폭풍이 검은 화살의 다발을 일격에 짜부러 뜨렸다.

발칸 애로우가 허무할정도로 쉽게 무위로 돌아가고, 남은 경기의 폭풍이 다크 애로우의 몸을 강타했다.

그래도 S급 이상가는 블랙헌터라고, 멀리서 쏟아지는 공격은 견뎠다.

"shit!"

다크애로우가 다시 화살을 메기려고 할 때, 이미 자하드가 짓쳐들어있었다.

쾅!

다크애로우의 머리통을 잡은 자하드는 그대로 그 머리를 뒷쪽의 벽에 찍어버렸다.

"자, 얼른 관제실로 갑시다."

자하드가 손에 묻은 피를 털고 달렸다. 페르낭 그라비는 그 뒤를 따랐다.

관제실로 향하는 길에, 블랙헌터 몇 명인가가 더 덤벼들었다. 자하드의 손속은 자비가 없었다. 손에 걸리는 대로, 아니면 달리는 상태그대로 몸을 냅다 가져다 박았다.

상대의 몸은 실끊어진 연처럼 훨훨 나가떨어졌다.

'철권'이 아니라 '철체(鐵體)'라고 불러도 될만큼 그의 몸은 전신이 살인병기나 마찬가지였다.

페르낭 그라비는 앞서 달려나가는 자하드덕에 비교적 여유로웠으나, 뒤쪽이나 측면에서 달려드는 블랙헌터들을 제압했다.

둘은 5분도 안되어 관제실에 도착할 수 있었다.

자하드가 관제실로 들어서자 안쪽에 있던 교도관 둘이 경례를 붙였다.

교도소내는, 군대처럼 계급제가 도입되어 있었다.

"상황은 어떤가?"

"전 구역이 혼전입니다. 교도관들의 실력이 절대 부족한 것은 아니나, 탈옥수들이 계속해서 다른구역을 침범해 다른 탈옥수들을 만들어내고 있습니다. 벌써 수감자들의 30% 이상이 철창을 벗어나 마음대로 활개치고 있습니다."

수감자의 30%면 거의 3천명에 달하는 숫자였다. 이 밴 프라이즌이 넓은 공간이라고 하나, 날고 기는 블랙헌터 3천명을 동시에 풀어놨으니 이는 마치 댐이 무너져 한꺼번에 방류된 물이, 인근 마을을 쓸어버리는 것같은 흉악한 결과를 낳을것이다.

"빌어먹을!"

자하드가 부득 이를 갈았다. 그가 교도소장으로 취임한 이후 처음 있는 일.

그간 단 한명의 탈옥수도 없이 밴프라이즌을 지구상 최고의 헌터수감소로 만들었던 명성이 한순간에 무너졌다.

사실 진짜 중요한것은 명성이 아니었다.

자하드는 태생적으로 범죄를 경멸했다.

그런데 블랙헌터들이 자신들을 수감한 이곳에서, 제 안방마냥 날뛰고 있으니 분통이 터질 수 밖에 없었다.

"최하층은 어떠한가?"

"최하층은……."

교도관 하나가 수십개의 모니터중 몇 개를 가르켰다.

"이 것들이 최하층을 나타내는 폐쇄회로입니다."

교도관이 버튼을 조작해 모니터에, 다른장소를 띄우기 시작했다.

최하층에 설치된 cctv가 400여개.

교도관이 빠르게 화면을 돌리면서 상태를 확인시켜줬다.

윗층의 정보를 접했기에, 전투태세에 돌입한 교도관들이 담당지역을 경계하듯 서 있었다.

교도관은 계속 화면을 돌렸다.

그리고.

"최하층! D에어리어! 침범자 발생!"

관제소 스피커를 통해 무전이 들림과 동시에, 폐쇄회로 화면에 다섯명의 모습이 드러난다.

최하층으로 통하는 통로쪽.

이제 막 최하층으로 들어선듯한 인물들.

와이번을 타고 밴프라이즌에 침입한 자들이다.

"제가 말했던, 저를 공격했던 제 3자들이 바로 저들입니다."

페르낭 그라비가 신음하듯 말했다.

◆

페르낭 그라비의 신음섞인 말에 자하드가 침중한 표정으로 고개를 끄덕였다.

자하드는 cctv화면을 쳐다보면서, 페르낭 그라비에게 말했다.

"이제 무슨 일인지 확연히 알겠군. 부회장 말대로요. 밴프라이즌 외부에서, 공격을 당했다고 했나? 처음부터 팬텀놈들이 꾸미고 있던 일. 바로 포식자를 탈옥시키는 거였군. 잭슨을 이용한 폭발과 다른 수감자들의 탈옥은 그저 미끼였을뿐. 진짜 목적은 바로 포식자를 데려가는 거였어."

페르낭 그라비고 착 가라앉은 진중한 눈으로 자하드를 보았다. 그의 입술이 열리면서 현상황의 심각함을 역설했다.

"이대로 놈들을 놔두면 안됩니다. 밴프라이즌 밖으로,

이 자들을 다 탈옥시킨다면… 뒷일은 감당하기 힘들겁니다. 밴프라이즌은 블랙헌터들의 무덤이기도 하지만, 이들이 무덤에서 되살아나가는 순간, 온 지구가 공포에 떨게 될 것입니다. 무조건 포식자 글러트니를 탈옥시키는 일만은 막아야 합니다."

자하드 역시 결의한 표정을 지었다. 교도소장이란 막중한 책무를 넘어서, 한사람의 헌터로서 그는 자신의 책임감을 절실히 느꼈다. 이건 지구의 명운이 걸린일. 단순히 밴프라이즌의 교도소장으로서가 아니라 지구의 일원 하나로서도 중차대한 일이다.

"안그래도 방금 결심했소. 이건 내 목숨이라도 걸고서 막아야 한다고."

자하드는 굳은 얼굴로 대답했다. 그의 목소리에는 흔들림없는 의지가 깃들어 있었다.

'절대로' 막아내겠다는 불사의 의지.

의지할 수 있는 동료, 자하드의 대답에 페르낭 그라비는 깊은 신뢰를 느꼈다.

자하드가 교도관에게 고개를 돌리고 물었다.

"포식자로까지 통하는 통로의 차폐벽이 몇 개나 있지?"

"지금 이 자들이 들어선 경로부터, 포식자가 수감되어 있는 곳까지 예상경로로 추산해보면……23개입니다!"

"그렇군. 일단 그 차폐벽들을 모조리 내려주게. 그리고,

개인무전을 통해 최하층에 있는 교도관들에게 이 정보를 전달해주게. 절대로 물러서지 말라고. 그리고 '목숨'을 걸고 지켜내라고."

"예!"

교도관은 수많은 버튼을 조작해 차폐벽을 내렸다. CCTV에 비추는 차폐벽이 내려가기 시작했다.

그리고 곧바로 무전을 통해, 교도관들에게 정보를 전달하기 시작했다.

지금, 팬텀의 일원들이 와서 최하층에 도착했다고, 곧 자하드와 부회장 페르낭 그라비가 그쪽으로 갈 것이며, 무슨 일이 있어도, 설령 목숨을 초개처럼 내던지는 한이 있더라도 반드시 그들의 발을 붙잡으라고.

동시간에, 페르낭 그라비는 같이 왔던 S급 헌터들에게 연락을 취해봤다. 모두 출동전에 소형 개인 통신장비를 가지고 왔다.

"여러분, 제 말… 들리십니까?"

같이왔던 s급헌터들이 대답하기 시작했다.

―부회장님?

"지금 몇 분이나 남아계십니까?"

페르낭 그라비의 질문에, 하나씩 숫자를 헤아리기 시작했다. 처음의 인원에 비하면 터무니 없이 적어진 숫자만이 대답했다. 계산을 해보자면, 스피어 마스터를 포함해 7여 명 가까이의 나머지는 벌써 유명을 달리한 것이다.

S급의 헌터가, 한시간도 안되어 몇 명이나 죽어나갈 수 있는곳.

웬만한 1, 2티어 던전보다 위험하다고 할지 모를 수준이다.

페르낭 그라비는 입술을 깨물었다. 이미 그들의 전투도 치열했다. 그들에게 까지 최하층에 모이라는 것은 무리한 요구일수도 있다. 어쩌면 그들은 교도관과 함께 다른 구역의 블랙헌터들을 제압하는게 효율적일 수 있다.

그래서 페르낭 그라비는 그런 내용을 전달했다.

그리고 한마디를 덧붙였다.

"모두 건투를 빕니다."

─부회장님도, 건투를 빌겠습니다. 끝나고 꼭 뒷풀이 해야지 않겠습니까?

s급헌터중, 하나가 농담을 던졌다. 페르낭 그라비는 "반드시"라는 말로 화답했다.

짧은 무전이 끝나고, 기다리고 있던 자하드가 말했다.

"자. 이제 우리도 서둘러 가세. 교도관들로는 얼마나 버틸지 몰라."

"예!"

페르낭 그라비가 대답했다. 둘은 관제실을 나왔다. 목표는 밴프라이즌의 가장 밑.

그들은 포식자 글러트니가 수감되어 있는 최하층으로

달리기 시작했다.

◆

퍼---어엉!

번 캐논이 이글거리면서 뿜어졌다. 원기둥형태로 뿜어지
는 거대한 화염의 캐논은 직선상의 거의 모든 걸 녹여버린
다. 뻗어나간 불기둥이 차폐벽을 녹여버리기 위해 화염의
어금니를 일렁거렸다.

후와아아아악!

그러나 차폐벽은 멀쩡했다. 번 캐논이 몇초간 지속적으
로 모든 걸 태우는 화염기둥을 방사했지만, 차폐벽은 녹아
내리지 않았다.

결국 번 캐논은 화염기둥을 쏘는 걸 멈췄다. 그는 미간을
모으고 차폐벽을 보며 고개를 갸우뚱했다.

"이거 대체 뭘로 만든 거야?"

"진짜 쓸모 없군요. 하등 도움이 안되는 것 같기도."

소녀같은 여자가 말했다. 은백색의 머리. 표정의 변화가
조금도 없는 포커페이스. 냉랭한 표정을 언제나 유지하고
있는, 멜티였다. 멜티는 금속을 자유자재로 다룰 줄아는 팬
텀의 블랙헌터.

그녀는 금속이라면, 심지어 오리하르콘도 엿가락처럼 구
부릴 수 있다.

스피어 마스터의 오리하르콘제 장창을 마음대로 구부릴 수 있었던 것도, 금속을 다루는 그녀의 능력이 있었기 때문이다.

자신을 무시하는 멜티의 말에, 번 캐논이 인상을 섰다.

"얌마. 너는 쪼꼬만게 못하는 소리가 없냐?"

"실력도 없으면서 입만 살아서."

멜티가 냉랭히 대답했다. 번 캐논이 하!하고 황당하다는 듯 손바닥을 쳤지만, 딱히 대항할 말이 생각나지 않았다. 그 사이 멜티는 한발자국 나섰다.

자신이 직접, 이 차폐벽을 날려버릴 생각.

멜티는 차폐벽 앞으로 손을 뻗었다.

그리고.

"……."

"……."

시간이 흘러도 차폐벽은 아무런 반응이 없다. 구부러지기는커녕 심지어 미동조차 없다. 조금의 잔흔들림도 없는 차폐벽을 보며 멜티가 당황한 표정을 지었다.

"응…? 금속이 아냐…?"

"낄낄낄. 잘난척 드럽게 하더니…… 뭐야? 지도 못 열면서."

"……."

기회를 잡았다고 멜티를 놀리는 번 캐논. 다른 인영하나가 앞으로 나섰다. 하얀 가운같은 걸 입고, 두꺼운 안경을 쓴 중년 남성.

"플라스틱의 한 종류인 모양이군. 열기에도 강하고, 멜티도 구부릴 수 없다라."

남자가 씨익 웃었다. 그는 차폐벽 위에 손을 얹었다. 눈을 감고 잠시 차폐벽을 느끼던 남자가 눈을 떴다.

"뭔데?"

"좀 알 것 같아?"

남자가 말없어 고개를 끄덕였다. 그는 가운의 품을 열었다. 뭔가 시약병같은것이 잔뜩 드러났다. 남자는 그 중 몇 가지를 꺼내 조합한 후, 분무기 같은 것에 담았다.

칙칙!

마치 화단에 물을 주기라도 하는 것처럼, 분무기로 안에 담긴 조합된 약물을 뿌린것이 전부. 그런데 그 미량의 액체에도 차폐벽이 녹아내려가기 시작했다.

번 캐논이 기가 찬다는듯 말했다.

"와! 쉬벌! 저런 게 가능하다니! 정말, 사기야."

차폐벽이 열리고, 팬텀의 인원들이 하나씩 차폐벽 너머로 들어갔다. 가장 후방에선, 팬텀의 리더가 따랐다.

차폐벽이 열리자마자, 건너편에서 대기하고 있던 교도관 다섯 명이 달려들었다.

퍼----어어어어엉---어엉!

퍼어어엉!

번 캐논은 문을 부수지 못한 분노를 교도관에게 화풀이

했다. 그는 마구 화염기둥을 뿜어댔다. 교도관들의 몸은 차폐벽과 달랐다. 번 캐논의 캐논은 그들에게 넘칠정도로 위협적이었다. 교도관들의 몸이 산채로 불에 타올랐다가, 열기에 녹아 내려갔다. 비명조차 제대로 지르지 못하고 교도관들은 죽었다. 허망하게 생명 몇이 불타올라 사라졌다.

"덤벼들 곳을 보고 덤벼들라고 잔챙이들."

번 캐논이 이죽거렸다. 얼마간 또 걷자, 다시 차폐벽이 나타났다. 번 캐논이 이마를 짚었다.

"앞으로 몇 개나 더 있는거야. 이 벽은."

"몇 개가 더 있다해도 내가 처리할 테니 걱정 말라고."

아까의 그 약을 조합해 차폐벽을 녹인남자, 슈디슨이 말했다. 번 캐논이 고개를 끄덕거리고 한발뒤로 물러섰다. 다시, 남자는 분무기를 뿌려 문을 녹였다.

그리고 또 교도관들과의 전투…… 교도관들은 자신의 목숨을 마른장작개비처럼 내던지며 두려움도 없이 달려들었지만, 번 캐논 혼자서 그들을 가볍게 제압할정도로 이들은 강했다.

반복되는 같은 상황에 번 캐논이 조금 지루함을 느꼈다.

"로드. 앞으로 거리는 얼마나 남았습니까? 이쪽이 확실한 것 맞죠?"

"멀지 않다."

팬텀의 수장은 짧게 대답했다. 팬텀의 수장은 느낄 수 있었다. 포식자 글러트니의 위치를.

포식자 글러트니는 팬텀의 수장과 혈연.

나아갈수록 그 고동이 가까이 느껴지고 있다.

◆

"제기랄!"

교도소장 자하드가 욕지거리를 내뱉었다. 그들은 지금 막 최하층의 입구즈음에 도착한 상태였다. 이미 차폐벽은 무너져 있고, 교도관들의 유해만이 남아있다. 제대로된 유해도 아니었다. 이미 염을 끝마친 것처럼, 뼈만 남아있거나, 그나마 뼈도 온전히 남기지 못한 교도관들.

쾅!

자하드가 벽을 쳤다. 벽 한쪽이 우그러들어갔다. 자하드가 손을 뗐다. 그의 표정이 일그러져 있었다. 교도소장으로서, 교도관의 죽음을 그냥 지켜볼 수밖에 없었다는 것, 그리고 이런 탈옥이 발생했다는 일이 그의 프라이드와 여러 감정선을 건드리는듯했다.

부회장 페르낭 그라비 역시, 밴프라이즌에서 스피어 마스터의 사체를 보며 같은 감정을 느꼈기에. 조용히, 자하드를 지켜보았다. 다행히 자하드는 곧 정신을 차렸다.

수많은 전장을 겪어오고, 교도소장으로 취임해 흉흉한 밴프라이즌의 블랙헌터들을 오늘날까지 상대해온 관록있는 노장 나웠다.

"내가 조금 시간을 끌었군. 갑세."

뿌드드득.

이를 갈며 자하드가 말했다. 이미 차폐벽이 뚫려 있었고, 길을 따라서 교도관들의 시체들이 널려 있었기 때문에, 팬텀의 경로는 확보 된거나 마찬가지였다. 자하드와 페르낭 그라비는 그저 달리기만 하면됐다.

육상선수처럼, 그러나 육상선수보다 압도적인 신체능력을 가진 그들은 순식간에 팬텀의 꼬리를 잡을 수 있었다.

"네놈들------!"

자하드의 외침이 쩌렁! 쩌렁! 교도소 밴프라이즌의 최하층 내부를 울렸다. 그의 목소리가 산울림처럼 메아리를 타고 몇번이나 중첩되었다.

마침, 막 차폐막을 녹인 팬텀들은 교도관 100여 명 정도와 대치한 상황이었다.

지금까지 5~10명정도의 교도관만 있던것과 달리, 한꺼번에 많은 교도관이 대기하고 있던 상황.

거기에 자하드와 페르낭 그라비까지 합세했다.

"흐에~ 이거 어떻게 해야하나? 머릿수가 너무 많은 거 아냐? 거기다 저건 밴프라이즌 교도소장 자하드…… 그리고."

번 캐논이 페르낭 그라비를 손가락으로 가르켰다.

"헌터협회 부회장인 페르낭 그라비도 있네?! 아까 안죽었어? 분명히 내 캐논으로……."

"헛소린 집어치워라."

페르낭 그라비가 냉막히 대답했다. 번 캐논이 인상을 쓰고 양손을 이글이글 태웠다.

"나 어디가서 막취급 당하는 이미지 아닌데 오늘은 이것들이 좀 심하네. 참교육 들어가야겠어."

교도관들과, 자하드, 페르낭 그라비. 그리고 팬텀의 인원들이 모두 전투준비를 끝마쳤다.

잠시간의 정적이 흘렀다.

그리고…….

곧 전투가 시작되었다.

◆

헌터협회 부회장 페르낭 그라비의 분전.

그에 대해서 까마득히 모르고 있는 레이첼은 여전히 뉴욕에서 장기 휴가를 보내고 있었다. 그녀는 호텔을 나와 친구들을 만났다. 잠시 걸으면서 재잘거리던 그녀들은, 브로드웨이로 향했다. 그곳에서 평소에 보고 싶었던 연극을 자신의 친구들과 함께 보고, 뉴욕 시내를 걷다가, 카페테리아에 들어가서 샌드위치와 커피로 가벼운 식사를 했다. 그리고 디저트 매장에서 마카롱과 달달한 조각케이크를 몇 가지 사먹었다.

기분좋은 만족감이 몸을 휘감았다.

그리고 도심으로 나왔다. 타임스퀘어 쪽으로.

공연을 하는 사람도 몇몇 보이고, 전위적인 행위예술을 하는 사람들도 보였다. 이 도심속광장은 늘 도심한가운데 있으면서도 늘 여유가 넘쳤다. 레이첼 역시 그런 점을 느꼈고, 즐겼다.

가장 바쁜 곳에, 가장 여유가 있다는 아이러니.

그런점이 타임스퀘어 광장의 매력이었다.

그런데 오늘은…… 평소와 다르다.

그런 여유로운 분위기는 찾아볼 수 없다. 사람들의 표정 역시 심각하다 싶을 정도로 경직되어 있다. 그들의 시선은 오직 한 곳에 쏠려있었다. 타임 스퀘어에 있는 수 많은 전광판들. 그 타임 스퀘어의 전광판들에서, 각 나라의 최고의 기업들 광고가 나오는 것이 아니라, 속보가 전해진다.

-밴프라이즌의 함락-

블랙헌터들을 가둬놓는 지상 최대의 감옥이, 폭발하고, 일부가 활활 불에 타오르는 영상이 전광판에 그대로 떠올랐다.

전광판을 본 레이첼의 표정이 급격하게 시들어갔다.

레이첼의 표정이 심상치 않음을 감지한 친구 한 명이 그녀의 이름을 불렀다.

"레이첼?"

"……."

"레이첼 괜찮아?"

"아, 응."

레이첼은 가까스로 정신을 차렸다. 아니, 정신을 차렸지만 신경은 온통 한곳으로 쏠렸다.

자신의 오빠, 페르낭 그라비.

밴프라이즌 같은, 헌터협회의 중요기관에 일이 터진다면 페르낭 그라비가 관여하지 않을리 없었다.

직책상 조금 물러나 있어도 되지만, 페르낭 그라비는 언제나 최전선에 나섰다.

이번에도 분명히 그랬을 거라는 불길한 예감이 들었다.

다른 사람도 아니고 그녀의 오빠 페르낭 그라비니까.

그게 페르낭 그라비의 성격이니까.

그녀는 친구들에게 잠시 양해를 구하고 뒤로 빠졌다. 그리고 핸드백에서 스마트폰을 꺼내들었다. 수전증도 아닌데 부들부들 떨리는 손 때문에 핸드백에서 스마트폰을 꺼내다가 바닥에 떨궜다.

레이첼은 바닥으로부터 스마트폰을 주워들었다. 액정에 거미줄같은 금이 가있었다. 그것이 더 불길하게 느껴졌다.

다행히 외부액정만, 상한탓에 화면은 나왔다.

레이첼은 곧바로 페르낭 그라비의 번호를 눌렀다.

뚜……

뚜……

뚜……

받지 않는다. 통화를 끊고 다시 전화를 걸었다, 마찬가지였다. 두 세차례 시도해도 전화를 받지 않자 불안감은 더욱더 가중되었다. 페르낭 그라비가 저 일에 휘말려있을 거란 예감이 불길하게 그녀의 머리를 쿡쿡 압박했다.

'제발… 아무 일도 없는 거지? 아무 일도 없는 거라고 말해줘. 오빠.'

이 세상에 남은 피붙이라곤, 이제 페르낭 그라비밖에 없는 레이첼이다.

그런 만큼 둘의 우애는 더욱 각별했다.

페르낭 그라비의 강함에 대해서 그게 어느정도 인지는 잘 모르지만, 헌터협회 부회장이란 자리에 오른만큼 대단할거라고 생각하는 레이첼이다. 하지만 밴프라이즌은 세상의 온갖 흉악한 블랙헌터들을 다 모아놓은곳이다. 아무리 페르낭 그라비가 대단하다고 해도 위험할 수밖에 없다. 평시도 아니라 저런 위급한 상황에.

레이첼은 전화를 돌려, 페르낭 그라비의 비서인 줄리언에게 전화를 걸었다. 다행히 줄리언은 전화를 금세 받았다.

"줄리언?"

-예….

줄리언의 목소리는 가라앉아 있었다. 그 역시 레이첼이 자신에게 전화를 한 목적을 알고 있으리라.

"저희 오빠는… 저희 오빠 어디 있죠?"

-지금…… 밴프라이즌에 있습니다.

줄리언은 레이첼이 원하지 않는 대답을 곧바로 들려줬다. 굳이 에둘러 말할 필요는 없었다. 그것이 사실이니까.

"아……."

레이첼이 탄식을 흘렸다. 그녀의 생각이 정확히 맞아 들어간 셈 이었다. 페르낭 그라비는 지금, 저 전광판에 비추는, 불길이 활활 타오르는 블랙헌터들의 무덤에 가 있다.

전화기를 쥔 손이 떨렸다. 그리고 그녀의 목소리도 가늘게 떨려나왔다.

"오, 오빠는… 오빠 괜찮을까요?"

―…….

줄리언은 곧바로 대답하지 못했다. 헌터협회에 있는 만큼, 지금 매스컴을 통해 공개되고 있는 밴프라이즌의 상황보다, 더 자세한 걸 알고 있는 줄리언이었다.

지금 밴프라이즌은 그야말로 통제 불능.

블랙헌터들의 대탈옥이 감행되고 있는 상황.

부회장은 전장의, 적지의 한복판이나 마찬가지인 셈이었다.

페르낭 그라비가 아무리 훌륭한 헌터라고 해도 쉽게 보장은 할 수 없는 상황이다.

줄리언은 이번에도 가감 없이, 사실대로 털어놓았다.

―뭐라고 말씀을 드려야 할지모르겠습니다. 부회장님의 신변에 대하여… 지금 밴프라이즌의 상황은 생각이상으로 심각합니다. 그곳엔 치명적인 블랙헌터가 충분히 많고요.

레이첼의 표정은 점점 창백하게 변해갔다. 수화부 너머로 계속해서 줄리언의 목소리가 들려왔다.

-하지만 한 가지만 기억하세요. 그는, 제가 모시는 분은, 그리고 레이첼의 오빠는 누구도 아닌 헌터협회의 부회장, 페르낭 그라비입니다.

"……."

-지금 상황에서 우리가 할 수 있는 일은 그를 전적으로 믿고, 응원하는 수 밖에 없습니다. 저는 믿습니다. 그가 이 일을 해결하고 돌아올 것이라고요.

"고마워요."

줄리언의 말에, 레이첼은 조금이나마 희망을 되찾았다. 전화를 끊었다.

타임스퀘어의 전광판엔 여전히 흉흉한 밴프라이즌 속보가 날아들었다.

레이첼이 눈을 감았다.

'꼭 살아서 돌아와야 해.'

그녀가 마음속으로 외쳤다.

◆

꽝!

폭음이 터져나갔다. 자하드가 휘두른 주먹이 슈디슨을 가격한 것이었다. 슈디슨은 키는 컸지만 비쩍 마른 몸이었다.

그 몸이 벽 한구석으로 가서 쳐박힌다.

"……."

자하드는 잠시 한숨을 돌렸다. 난전이었다. 이 최하층에서 팬텀 5명을 상대로 100여 명이 넘는 교도관과 자하드, 페르낭 그라비가 뒤섞여 치열한 전투를 벌이고 있었다.

"한 눈 팔면 되나?"

자하드가 날려보낸 슈디슨이, 천천히 몸을 일으키며 말했다. 자하드는 주먹을 움켜쥐었다. 제대로 손에 느낌이 왔건만, 저 비쩍 마른놈도 한방에 보내지 못하다니.

이제 자신이 나이를 먹었나 싶었다.

"철권 자하드. 당신의 위명은 많이 들어왔지. 연구도 많이 했어 사실. 그 힘의 원천은 무엇일가? 그 힘의 비밀은 무엇일까? 흐흐흐. 그리고 당신과 비슷한 힘을 손에 넣게 됐지."

슈디슨은 가운을 열었다. 수많은 시약병중 하나를 꺼내 들었다. 그리고 주사기를 하나꺼냈다. 주사기의 바늘부분을 시약병의 입구에 넣고, 피스톤을 당겨 올렸다. 시약병의 액체가 쭈우우욱 주사기의 몸으로 이동한다.

쨍!

빈 시약병은 바닥에 버린 슈디슨이, 곧바로 자신의 목줄기에 주사기를 박았다. 그리고 피스톤을 눌렀다. 그 안에 있던 용액이 슈디슨의 몸으로 주입되었다.

"흐… 흐흐… 흐흐흐!"

슈디슨이 광소를 흘렸다. 자하드는 기다려줄 필요가 없다고 판단했다.

"미친자식은 몽둥이가 약이지!"

자하드가 달려드는 순간. 슈디슨의 몸이 한순간에 부풀어 올랐다. 근육이 스테로이드를 한 바디빌더 이상으로 불어나고, 키도 자라났다. 순식간에 그 몸집이, 압도적일정도로 커졌다. 키가 거진 3m는 넘어보였다. 터질 듯 팽창한 근육. 그리고 꿈틀거리는 검은 혈관. 피부의 색도 거무칙칙하게 변해 버렸다.

자하드는 그래도 상관없다는 듯 주먹을 던졌다.

덥썩!

자하드의 주먹이 중간에 가로막혔다. 슈디슨이 자신의 커다랗게 변한 손으로 자하드의 주먹을 막아낸 것이다.

"ㅎㅎㅎㅎㅎ… ㅎㅎ… 이게 내가 당신의 힘을 연구한 결과야… ㅎㅎㅎㅎ… 좀 후유증이 있겠지만… 당장에 연구는 효과적이었던 모양이야."

슈디슨이 자하드를 들어올렸다가, 바닥으로 찍고, 다시 집어 던졌다. 자하드의 몸이 벽으로 날아가 처박혔다.

"…ㅎㅎㅎㅎㅎㅎ!"

슈디슨이 광소를 흘리며 돌진하기 시작했다. 자하드를 집어던진 곳으로 달려나가며, 걸리적거리는 교도관들을 향해 마구잡이로 주먹을 휘둘렀다.

아무렇게나 휘두르는 주먹에 맞은 교도관들은 훨훨날아

가서 쳐박혔다. 교도관들은 부릅뜬 눈을 감지도 못하고 칠공으로 피를 뿜으며 죽어갔다.

"……그게 어디가 나의 힘을 닮았단 말이냐!"

슈디슨이 달려드는데, 쩌렁 쩌렁 울리는 자하드의 목소리가 터져나왔다. 슈디슨의 두텁게 변한 피부가 저릿할정도로 강맹한 일갈이었다.

슈우우우욱-!

먼지안개를 꿰뚫고 순간 신형하나가 주우우우욱 늘어져 나왔다. 바로 자하드였다. 자하드는 기세를 멈추지 않고, 주먹을 내질렀다.

슈디슨도 마주 주먹을 질렀다.

꽈--------앙!

주먹과 주먹이 맞부딪히며 충격파가 터졌다. 더불어 슈디슨의 팔은, 맞부딪힌 주먹에서부터 퍼퍼퍽! 연쇄적으로 부러져나갔다. 그 팔이 흐물흐물한 고무줄처럼 헐렁거리게 변했다.

"끄윽…."

슈디슨이 통증에 신음하는 사이. 자하드는 슈디슨의 머리윗쪽으로 뛰어올랐다. 아예 머리통을 부숴놓을 생각이었다.

세운 손날이 슈디슨의 머리통을 쪼개놓기 위해 공기를 찢고 맹렬히 떨어지는 순간,

퍼--------어엉!

불기둥이 자하드의 몸을 덮치고 날아왔다. 자하드는 오러를 끌어올려 전신을 감싸고, 양팔을 교차시키고 다리를 끌어올려 불기둥으로부터 닿는 면적을 최소화했다.

지하드는 번 캐논의 위력에 뒤로 밀렸다가 바닥으로 착지했다.

"……."

불기둥을 막아냈지만, 옷이 좀 타들어갔다. 바닥에 착지한, 자하드는 이제 둘로 늘어난 자신의상대를 보았다.

번 캐논과 슈디슨.

자하드가 불에 탄 상의를 아예 찢어서 바닥에 던져버렸다. 무수한 상처가 새겨진, 돌덩이처럼 단단하고 우람한 상체가 드러났다. 자하드의 눈이 번 캐논과 슈디슨을 번갈아 쳐다보았다.

그가 씹어뱉듯 말했다.

"두 놈이라… 뭐 상관없지. 어차피 여기에 들어온 네 놈들은 하나도 살려 보내지 않을 생각이었으니까."

"둘이 아니라 넷인데?"

멜티가 쇳조각을 쏘아 보냈다. 자하드는 탄환처럼 날아오는 쇳조각을, 주먹을 휘둘러 바닥으로 내리꽂았다.

멜티가 번 캐논과 슈디슨의 옆으로 합류했다.

"보스가, 부회장이랑 일대일로 할 얘기가 있다고 나머진 자하드를 죽이라네요."

자하드가 주위를 둘러보았다. 그 많던 교도관들은 어느새 거의 죽어있었다. 100여 명에 달하는 인원들이…… 남은 교도관들은 다른 한 명의 팬텀이 상대하고 있었다.

"곧 레논도 합류할거야."

테이머 레논.

마수를 길들이고 조련하는 것뿐만 아니라, 마수의 움직임을 흉내내어 육박전투도 출중한 자였다.

자하드는 피비린내가 훅 끼쳐오자 머리가 새하얗게 타오르는 것을 느꼈다.

그의 양주먹이 오러로 이글거렸다. 자하드가 입을 열었다.

"그래… 둘이건 셋이건… 넷이건… 다 쳐죽여주마. 내 너희들을 죽여 억울하게 죽은 교도관들을 달랠 것이다!"

셋의 신형이 한데로 얽혀들어갔다.

◆

자하드가 팬텀의 인원 넷과 피튀기는 일전을 벌이고 있을 때, 그리고 거의 모든 교도관이 쓰러져 재기불가능한 상태로 처참히 바닥을 구르고 있을 때, 헌터협회의 부회장인 페르낭 그라비는 팬텀의 수장인 로드를 독대하고 있었다.

페르낭 그라비는 지금까지 흡수했던 기운들을 언제든지 뿜어낼 수 있도록 준비하고, 팬텀 로드를 꿰뚫어보듯 시선을 던졌다.

팬텀로드는 페르낭 그라비의 타오로는 시선을 비교적 담담하게 받아냈다.

페르낭 그라비가 이죽거리듯 입을 열었다.

"네놈인가……? 참 귀한 얼굴이기도 하군."

"……."

페르낭 그라비는 남자의 면면을 찬찬히 보았다. 어디한 군데 뜯어보아도 특별할 것 없는 것 같은 외모. 그렇게 잘 생긴 것도, 못 생긴 것도 아니다, 적당히 높은 코에 적당한 크기의 눈, 키도 평균정도고… 무엇이든지 적당한 남자다. 팬텀의 수장이 갖추고 있을만한, 압도적인 카리스마같은 건 엿보이지 않았다.

"부회장 페르낭 그라비."

하지만 남자가 입을 열었을 때, 무시무시한 기운이 훅하고 끼쳐왔다. 그의 인상이 한순간에 진해졌다. 목소리는 페르낭 그라비의 몸을 잡아 끄는 듯 강렬한 힘을 내포하고 있었다.

"네 놈에 대해선 늘 궁금해 하고 있었지."

팬텀 로드가 손을 뻗었다. 페르낭 그라비를 향한 쪽이 아니라, 교도관들의 시체가 피와함께 마구 엉겨붙어 있는 쪽이다.

스스스스….

쉬이이이이익-!

교도관의 사체하나가 떠오르더니, 팬텀 로드의 손으로

빨려들어온다.

터터터턱!

팬텀 로드의 손에 닿은 시체는, 마치 음식물처리기에 들어간 음식물 쓰레기가 수분을 잃고, 갈아져 가루가 되는 것처럼 빠르게 말라비틀어지고, 급기야 퍼석거리면서 아예 유골가루가 되어 흩날렸다.

"……"

페르낭 그라비는 내심 놀랐다. 저 능력은 자신의 것과 매우 흡사하다. 자신의 능력은 매우 희귀하다. 페르낭 그라비는 능력을 얻은 이후, 그리고 팬텀의 부회장이 된 이후에도 자신과 같은 능력을 본 적이 없었다.

그런데 최근에만 자신의 능력과 비슷한 능력을 두 번째로 목도하게 되는 셈이었다.

페르낭 그라비의 속내를 파악한 팬텀의 로드가 비죽웃었다.

"어떤가? 네 능력과 비슷해보이는가?"

페르낭 그라비가 부득 이를갈았다.

"전혀. 내 능력은 그따위로 허접하지 않아."

"솔직하지 못하군."

"흥. 내 솔직한 심정을 보여주지. 그건 지금 이곳에서 네놈을 죽이고 안정을 되찾는 것이다."

페르낭 그라비가, 지금까지 빨아들였던 블랙헌터들의 기운을 일시에 끌어올렸다. 그를 기준으로 거센 오러의 광풍이 몰아쳤다.

페르낭 그라비가 바닥을 강하게 딛고 퉁겨지듯이 팬텀의 로드를 향해 쇄도했다. 주먹을 뒤로당겼다가, 앞으로 뻗었다.

그것만으로도 오러의 광풍이 일직선으로 뻗어나갔다.

후콰과과과가가각!

"급하긴."

팬텀 로드의 몸이 오러의 광풍을 맞고 갈기 갈기 찢겨져 나갔다.

아니, 찢겨나간것은 진짜 팬텀의 로드가 아니었다.

'잔상! 진짜는 어디냐?'

페르낭 그라비는 오러를 얇고 넓게 방사했다. 놓친 팬텀 로드의 위치를 탐색하기 위한 기술.

그의 위편에서 기척이 감지되었다.

기척을 감지하자마자 페르낭 그라비는 몸을 던지듯 피했다.

꽈앙———!

그가 있던 자리 위로 팬텀의 로드가 떨어지면서 커다란 충격파를 터뜨렸다. 바닥을 이루고 있던, 금속판넬이 형편 없이 우그러지고, 결합부가 파손되어나갔다.

페르낭 그라비는 재차 달려들었다. 달려들면서 오러로 가속을 붙였다. 페르낭 그라비의 몸이 중간에 한 층 더 가속하면서 눈에 잡히지도 않을 정도로 빨라졌다. 그 상태로,

페르낭 그라비는 오러를 방출했다.

퓨퓻! 퓨퓨퓨퓻!

콩알같은 오러들이 탄환처럼 배출됐다. 페르낭 그라비는 팬팀 로드의 근거리를 돌면서 계속해서 오러의 탄환을 쏴 댔다.

퍼퍼! 츠츠츠츠춧!

에너지의 탄환들은, 팬팀로드의 몸에 닿자마자 그의 몸으로 흡수되었다.

페르낭 그라비기 잘근 입술을 씹었다.

자신과 같은 능력.

에너지로만 이루어진 이런류의 공격이 통할리 없다.

답은 에너지와, 직접적인 물리력이 합해진 공격이어야 한다.

"……."

그걸 안, 페르낭 그라비는, 가속하는 몸을 멈추지 않고 교도관들이 사용하던 검을 주워들었다.

검의 위로, 백열하는 오러의 검날이 폭발하듯 솟아났 다.

페르낭 그라비는 즉시 팬팀 로드를 향해 달려들었다.

아니, 달려들려고 했다.

터억!

발목에서부터 제지하는 힘이 느껴졌다.

페르낭 그라비는 시선을 내리 깔았다. 발목을 감싸 안고 있는 손. 페르낭 그라비의 시선이 손에서 팔로, 팔에서 그 몸과 얼굴로 이어진다.

그 손의 주인은, 방금까지 죽어있던 교도관의 사체, 바로 그 손이다.

시체가 살아서 일어난다. 그리고 어디서 난 괴력인지 페르낭 그라비의 몸을 집어던졌다.

슈아아악-!

페르낭 그라비는 허공에서 균형을 잡고 안전하게 착지했다. 그러나, 자신을 공격한 교도관의 시체는 이해할 수 없는 부분이었다.

그리고 이해할 수 없는 일이 자신의 눈 앞에서 더 벌어지기 시작했다.

"......"

바로 교도관들의 시체가 하니씩 일어나기 시작한 것.

페르낭 그라비는 아연할 수 밖에 없었다. 팔 다리가 하나 잘려나가거나, 옆구리가 뻥뚫려 내장을 질질 흘리면서 그들이 일어난다. 아예 머리가 없는 사체마저 일어나고 있었다.

팬텀 로드가 그 광기섞인 장면 한가운데서 입을 열었다.

"페르낭 그라비. 그 능력은 모계(母系)쪽인 듯 하군."

"......뭐?"

"내 능력을 보고 느낀 게 없나? 우리가 어떤 식으로든 연결되어 있을 거라고."

"그게… 그게 무슨 개소리야?!"

"뭐, 이제 와서 상관없지. 그런 반쪽짜리 능력을 가지고 그대로 저 세상으로 가. 그리고 '어머니'를 만나면 안부 인사라도 전해주라고."

이죽거리듯 말한 팬텀 로드가 쿡쿡쿡 입가에 커다란 미소를 걸쳤다. 그 웃음이 섬칫하게 느껴지는 페르낭 그라비였다. 팬텀 로드는 웃는 낯으로, 일어나는 시체들을 향해 손을 들어 올렸다.

페르낭 그라비는 그제야 확인 할 수 있었다.

팬텀로드로부터 뻗어나가는 희미한 에너지의 줄기가, 사체들의 몸으로 주입되고 있다.

사체를 살려낸것은 팬텀 로드였다.

"이런 식의 장난도 가능하지. 만약 네가 '반쪽짜리'가 아니라 '진짜'였다면 말야."

페르낭 그라비의 동공이 크게 흔들렸다. 그의 안면근육이 푸들 푸들 떨리기 시작했다.

공황장애라도 온 것처럼, 페르낭 그라비의 눈엔 보이는 모든 것들이 이지러지기 시작했다.

페르낭 그라비는 들고있던 검으로 자신의 허벅지 안쪽을 베어냈다.

서걱!

핏물이 배어나오며, 통증에 정신이 깨어났다. 페르낭

그라비가 이를 꽈득 물었다.

검의 손잡이를 강하게 움켜쥐었다.

그가 씹어뱉었다.

"이 자리에서 죽여주마."

"좋아. 어머니의 곁으로 갈 준비가 된 모양이군."

◆

교도관 시체의 병단은, 다른 교도관들을 죽이면서 앞으로 행진했다. 시체들이 죽인, 교도관의 시체는, 다시 그 병단에 합류하며 세를 불렸다. 무시 무시한 광경이었다.

한 때는 더 없이 충성스럽게 밴프라이즌을 지키던 교도관들이, 이제는 제 손으로 밴프라이즌을 망가뜨리고 있었다.

"으... 으으으으."

공포나 두려움이라는 감정을 아예 삭제해버렸던 교도관들이 공포에 떨었다. 그들은 죽음을 맞이하고, 시체의 병단에 합류하고 나서야 다시 예전처럼 공포를 느끼지 않았다.

그리고, 그렇게, 최하층에서도 가장 삼엄한 구역.

포식자가 갇혀 있는 밴프라이즌 절지 중에서도 절지.

두께 50cm가량의 각종 강화합성금속으로 만들어진 철벽을 앞에 두고, 팬텀 로드가 멈춰섰다. 저 철벽은 단순히 두꺼울뿐만이 아니라 각종 강화마법으로 인해, 키가 없으면 열수조차 없다. 잠금장치 또한 몇중으로 설계되어 있었다.

조금의 틈도 없는, 완벽한 밀폐 공간.

소리조차 빠져나올 수 없는 공간이건만, 포식자의 목소리가 새어나왔다.

―아이야, 아이야. 오랜만이로구나.

그 앞에서, 팬텀 로드는 무릎을 꿇었다.

"정말 오랜만 뵙습니다. 아버지."

팬텀 로드는 교도관들에게 명을 내렸다.

"문을 열어라."

밴프라이즌 최절지.

지금껏 단 한명의 탈옥자도 허용한 적 없고, 지상에서 가장 삼엄한 곳으로 분류되던 감옥.

블랙헌터들의 무덤이라 불리던 곳.

그 가장 깊은 구덩이에서 포식자 글러트니가 벗어났다.

◆

대혁은 서울로 이동했다. 헌터협회 한국지부가 있는 곳으로였다. 대혁의 목표는 다름이 아니라, 새로 만든 병기에 대한 승인을 받기 위해서였다. 승인이라기보단, 대혁에게 이러이러한 병기가 있다고 밝히는 부분이랄까.

어쩔 수 없는 부분이다.

새로운 병기는, 워낙 거대하기 때문에 눈에 띌수밖에 없다. 진즉에 우리편이라고 공표를 해놔야 혹여 오해를 방지할 수 있다.

헌터협회 빌딩 근처에서 내려, 식당에서 간단하게 백반으로 끼니를 때웠다. 밥을 먹는데 이상하게 사람들이 소란스럽다 싶었다.

뭔가 떠들썩한 사건이 일어난것같기도 하고…… 대혁은 밥값을 치르고 나왔다.

5분 정도 거리를 걸어 헌터협회 한국지부로 향했다. 횡단보도를 건너고 헌터협회 한국지부의 거대한 빌딩앞에 설때쯤, 스페셜리스트 정세건을 만났다.

그가 먼저 대혁을 알아보고 접근했다.

"우대혁씨!"

대혁이 그를 돌아보았다. 대혁 역시 금세 그를 알아보았다. 대혁이 나타나기 전까지만 해도, 한국 최고의 헌터라고 칭송받았던 스페셜리스트 정세건. 그의 안색이 심하게 어두워보인다고 생각하는 대혁이었다.

대혁이 마주 인사했다.

"아 오래간만입니다."

둘은 서로 손을 내밀어 악수를 했다. 정세건이 화제를 꺼냈다.

"이야기 듣고 오신겁니까?"

"무슨 이야기 말입니까?"

"아직 못들으신 모양이군요. 후우…… 큰 일이 났습니다."

한숨을 내쉰 정세건이 입을 열었다. 그의 표정엔 언제나 여유가 깃들어있는 편이었는데, 지금은 딱딱히 경직되어 있었다.

정세건의 입에서 대혁은 자신의 귀를 의심할만한 이야기를 전해들었다.

"밴프라이즌이 함락되고, 그 안에서 포식자 글러트니가 탈옥했다고 합니다."

"……그게 무슨 말입니까?"

대혁은 바로 얼마 전까지만 해도 뉴욕에 있었다. 시기상으로, 자신이 뉴욕에서 돌아오자마자 포식자 글러트니가 탈옥했다는 얘기였다.

정세건이 추가적으로 설명을 했다.

"말 그대로입니다. 밴프라이즌이 함락되었습니다. 포식자 글러트니는 수감되기 전에도, 그리고 수감 된 후에도 가장 악명높은 범죄자였습니다. 지금 헌터협회 전체적으로 비상입니다. 포식자 글러트니의 문제는 단순히 다른 대륙의 문제일뿐만 아니라, 전 세계적으로 경계해야할 문제거든요. 그리고… 포식자뿐만 아니라, 밴프라이즌에 수감되어있던 블랙헌터 1만여 명이 모두 사라졌다고 합니다."

"……"

정세건이 진중한 표정으로 대혁을 향해 말했다.

"혹시, 시간 괜찮으시다면 지금 지부장님을 만나보시겠습니까? 안그래도 그 문제로 헌터 몇이 급하게 모이는 중입니다."

"……예. 아무래도 무슨 일인지 저도 자세히 들어봐야겠군요."

대혁이 고개를 끄덕였다. 정세건이 앞장서서 헌터협회 한국지부 건물안으로 들어갔다.

대혁이 그 뒤를 따랐다.

4. 급변하는 정세

4. 급변하는 정세

　정세건과 대혁은 빌딩안으로 들어갔다. 오랜만에 들르는 듯한 느낌의 헌터협회서울지부.

　실제로도 네크로맨서 루번 사건이후로 처음이니, 꽤나 오랜만이랄 수 있었다. 역시 건물은 좋았다. 고급스러운 마감재로 처리해놓은 신식 빌딩.

　헌터협회는 이 사회에 없어선 안되는 기관이니만큼, 돈 꽤나 벌고 있는 기관이라는 걸 알 수 있는 대목이었다.

　대혁은 정세건과 함께 가벼운 대화를 나누며, 로비를 가로 질렀다.

　마침 타이밍 좋게, 승강기가 내려왔다. 사람이 먼저 내리는 걸 기다리고, 둘은 엘레베이터에 올랐다.

"제 요청이 갑작스러웠을 텐데 응해주셔서 감사합니다. 하지만 우대혁씨라면 정말 큰 도움이 될 거예요."

엘레베이터가 올라가는동안 정세건이 말했다. 그의 자세는 항상 느끼는 것이지만, 일국에서 최고의 헌터라는 것이 느껴지지 않을만큼, 겸손했다. 대혁은 그의 얼굴을 보았다. 자신에게 진심으로 고마워하고 있다는 것이 느껴졌다. 그도 그럴만한 것이, 대혁은 이제 한국에서 가장 영향력 있는 헌터다. 연이은 대사건들의 '단독' 해결.

한국뿐만 아니라 태국에서도 활약상이 보고 됐다. 태국 던전브레이크의 해결.

덧붙여 정세건 같은 최상급 헌터 극소수는, 대혁이 근래 미국의 일 몇 가지에도 관련되어 해결했었다는 걸 자신들만의 정보망을 통해 어렴풋이 알고 있었다.

거의 동에 번쩍 서에 번쩍하며 어려운일을 도맡아 하는 해결사같은 느낌.

처음엔 이런 괴물이 어디서 나타났나 싶었지만, 이제는 이런 존재가 같은 편이라는 게 감사할 정도라고 생각하는 정세건이다.

대혁도 겸양을 떨었다.

"제가 사는 터전이니 당연히 제 일도 되는 거죠. 저를 위한 일이기도 하니 너무 감사해하실 필운 없습니다. 안그래도 협회에 올 일도 있었구요."

대혁과 정세건은 엘레베이터에서 내려 지부장실이 있는

곳으로 걸어갔다. 문을 열자 헌터협회 지부장을 비롯한 인물 몇몇이 이미 모여 있었다. 반대머리인 정세건과 함께 온 대혁을 확인하더니, 밝게 펴졌다.

지부장은 정세건을 향해 먼저 반갑게 인사하고, 대혁을 강하게 끌어안았다.

"……."

"아이쿠. 너무 반가운 나머지 내가 좀 오바했나봅니다. 정말 반갑습니다! 이런 일에까지 직접 나서주다니."

"밑에서 우연찮게, 정세건씨를 만났습니다. 함께 자리할 것을 요청하시더군요. 큰 이견이 없기때문에 함께 왔습니다. 제 존재가 불청객이 아니었음 좋겠군요."

"불청객은요? 오히려 귀빈입니다. 귀빈! 여러분도 그렇게 생각하지 않습니까?"

지부장이 다른 인원들을 돌아보며 말했다. 대여섯 명정도가 앉아 있었는데, 그들은 한국 2대길드인 태극과 해태에서 나온 강명관, 백인옥이었다.

주로 대외적인 일에 모습을 잘 드러내는 두사람. 그밖에 다른 인물들도, 한국에선 이름 깨나 달리는 프로헌터들이다.

각자의 자리에서 요직을 맡고 있는 프로페셔널. 대혁은 그들과 하나하나 인사를 나눴다.

지부장이 껄껄대며 양측을 소개시켜줬다.

대혁을 바라는 그들의 눈빛은, 대체로 호의나 선망이

어려 있었다.

대혁의 행보는 그들에게도 신선한 충격이었으며, 경쟁자라기보단 든든한 우군의 등장같은 느낌이었다. 장기적으로 내다보았을 때, 저 끝이 보이지 않는 아득한 적과 맞서 싸울때, 큰 힘이 될 것 같은 존재.

쟁쟁한 헌터들도 이제는 대혁을 우러러 보고 있다.

"아. 그럼 모두 모인 것같으니 대충 이야기를 시작해야겠군요."

지부장이 짝짝 손뼉을 쳐서 환기를 하고 말했다.

"일단 두분도 앉아 주시죠."

지부장의 말에, 대혁과 정세건은 쇼파 남는자리에 하나씩 걸터 앉았다.

이야기가 시작되기 직전, 똑똑 노크소리가 들리고 지부장의 비서가 들어왔다. 비서는 트레이에 커피 두 잔을 담아 대혁과 세건의 앞에 한잔씩 놓았다.

대혁이 한모금 커피를 마시고, 이야기는 시작되었다.

"어제 미국의 블랙헌터 수감소이자 세계최대의 블랙헌터 감옥. 심지어는 블랙헌터들의 무덤이라고 까지 불리우는 밴프라이즌이 함락되었습니다. 이는 모두 아는 얘기시겠죠?"

장내 인물들이 무겁게 고개를 끄덕였다. 대혁은 불과 10분전까지만해도 모르는 사실이었다. 사실 미국에서 돌아오자마자, 잉칼리움에만 쳐박혀 있었으니 알 턱이 없었다.

헌터협회 한국 지부장은 침중한 표정으로 고개르 주억거리며 말을 이어나갔다.

"사건의 경위가 천천히 밝혀지고 있습니다. 아직 엠바고가 걸려 언론에는 밝혀지지 않은 이야기들이 수두룩하지만, 헌터협회를 통해서는 정보가 전달이 되고 있지요. 우선 결론부터 말씀드리자면 이번 소행은 미주대륙 최대의 범죄 집단. 팬텀에 의한 행동으로 보입니다."

"……."

"그리고 놈들의 목적은 1차적으로 밴프라이즌에 수감된 헌터들을 빼돌려 세력을 크게 구축하는 것. 실제로 밴프라이즌에 수감되어 있던 블랙헌터 1만명이 모조리 사라졌습니다. 이건 일국의 군대와도 맞먹을 수 있는 규모입니다. 그 흉악범들의 힘은 말씀드리지 않아도 아시겠지요?"

그 중에선, 한국에서 블랙헌터짓을 하다가 잡혀 이송된 녀석도 몇 있었다. 강명관이나 백인옥 역시, 그런 녀석을 몇몇 잡아 밴프라이즌으로 보낸 적이 있었다.

전세계에서 모인 그런 최악의 악질범죄자들이 1만명이나 탈옥했다는 건 이제까지 헌터관련된 참사들을 돌이켜보아도, 몇 손가락에 꼽힐 거대한 대사건이었다.

"아울러 그들의 진정한 목적. 밴프라이즌을 함락시켰던 그들의 최종 목적은 바로 포식자 글러트니의 탈옥입니다."

포식자 글러트니. 최초의 블랙헌터이자, 전세계에서

가장 무시무시했던 헌터. 한계가 없는, 타인의 힘을 먹어 치우면서 성장하는 그의 힘은 진정한 괴물이나 진배 없다.

그는 현재도 괴물이지만, 앞으로도 얼마나 더 강해질지 모른다는 점에서 주의가 요망됐다.

"그가 탈옥했습니다. 팬텀의 조력에 의해서요."

우대혁은, 콜렉터에게 들어서 이미 알고 있던 내용이긴 하다. 팬텀의 로드가 포식자의 아들이며, 그가 포식자 글러트니의 탈옥을 계획하고 있다는 것.

하지만 그 얘기는 페르낭 그라비에게 모두 전달했다. 당연히 페르낭 그라비가 막을 수 있을 것이라고 생각했다.

대혁의 생각을 엿보기라도 한 것처럼, 지부장이 페르낭 그라비의 이야기를 꺼냈다.

"그리고 이건 안타까운 소식이지만…… 페르낭 그라비가 사태의 초기에 이를 진압하러 갔다가 실종되었습니다."

"……!"

"협회는 아마도 사망했을 걸로 추정하고 있다고 합니다만, 워낙 다른 일로도 경황이 없는 상황이기에, 부회장의 행방을 파악하는데만 주력할 수 없다고 합니다. 사실 말이 실종이지 이미 죽었다는 얘기가 훨씬 크구요."

바로 얼마 전까지 페르낭 그라비와 대화를 나눴던 대혁이다.

비록 얼굴을 알게 된지 얼마 되지 않았고, 그렇게 가까운 사이라고 할 순 없지만 그래도 한국에 돌아온 후 알게 된 몇 안되는 지인.

대혁의 머릿속에 문득 레이첼의 얼굴이 스쳐지나갔다. 그녀는 페르낭 그라비와 둘도 없는 남매지간이었다.

이번일로 그녀는 굉장한 슬픔과 실의에 빠져 있을 것이 분명했다.

"여러분을 불러 모은 이유는… 저희도 이제 대비를 해야 할 것입니다. 비록 타대륙에서 벌어진이라고는 하나, 이건 거리가 조금 있다고 안심해서 되는 문제가 아닙니다. 이미 전세계 헌터지부에서 비상이 걸려있습니다. 팬텀의 진정한 목적이 지구의 정복이라는 얘기까지 공공연히 나돌정도로 요."

"……."

"그리고 무엇보다도 오늘 아침부터, 당장 한국에도 이상 징후가 포착되기 시작했습니다."

지부장은 거기까지 말하고, 더웠는지 셔츠 단추 몇 개를 풀었다. 그가 약간 상기된 얼굴로 말했다.

"안그래도 점점 심화되던 던전 브레이크의 가속화가 오늘 아침부로 급속도로 빨리지기 시작했습니다. 이제 던전이 발생하고, 사나흘이면 던전 브레이크가 발생합니다."

지부장이 침을 꿀꺽 삼키고 말을 이었다.

"그리고 오늘만 해도 서울, 두 곳에서 던전 브레이크가 발생할 예정입니다."

강명관과 백인옥은 이미 알고있었다는 듯, 비교적 차분한 안색으로 고개를 끄덕였다.

사실 태극과 해태의 길드원들은 이미 파견나가 있는 상태였다.

혹시나 모를 던전 브레이크에 대비해, 그리고 공략을 위해.

지부장은 그 후로도, 앞으로 변할정세나 여기에 모인 헌터들이 해줘야 하는 역할에 대해 상세히 얘기를 했다.

모인 헌터들도 지부장과 얘기하며 최대한 협조를 아끼지 않겠다고 다짐했다.

한시간여정도…… 열띤 토론과도 같은 이야기가 이어졌고, 마침내 모든 이야기가 끝이났다.

다른 헌터들은 모두 일어나서 자리를 떴다. 지부장과 각별한 정세건도 인사를 나누고 지부장실을 나섰다.

"저는 지부장님께 드릴 얘기가 좀 있습니다. 먼저 가세요."

대혁은 자신을 챙기는 정세건에게 짤막하게 말했다. 정세건은 같이 와줘서 고맙다며 고개를 꾸벅 숙이곤 나갔다.

"그래, 나한테 무슨 할 얘기가 있으신 겁니까?"

대혁은 단도직입적으로 자신의 얘기를 꺼내놓기로 했다.

바로 새로만든 골렘의 승인에 관한 이야기. 만일 승인이 없다고 해도, 독단으로 운영할 수 있지만 혹시 모를 충돌에 대비하기 위해선 미리 우리편임을 알려두는 것이 여러모로 낫다.

대혁은 품에서 접어놓은 종이를 꺼냈다. 그것은 골렘의 모습을 스케치 해놓은 그림이었다.

대혁은 테이블 위로, 골렘의 모습을 스케치 해놓은 그림을 올려놓았다. 거의 실사나 다름 없는 그림이었다.

나이를 먹어감에 따라 시력이 떨어진 지부장은, 돋보기 안경을 꺼내 쓰고 찬찬히 그림을 살폈다.

약간 당황스러운 목소리로, 지부장이 말했다.

"이게…… 뭡니까?"

"제 새로운 골렘입니다."

"골렘…… 이라고요? 이게 크기가 어느정도 되는 거지요?"

"글쎄요. 대강 니미츠급 항공모함 정도는 되지 않을까 싶군요."

"니, 니, 니미츠급 항공모함이요? 그 선체가 300m가 넘고, 배수량이 10만t에 가까운 그 미국의 항모를 말씀하시는 것 맞습니까?"

지부장이 얼이빠진 표정으로 말했다.

"얼추 그 정도는 될 겁니다."

"골렘이라면 대강 인간보다 조금 큰 정도, 아니었나요?"

"만들기 나름이죠."

"그럴 수가……."

"이 녀석의 운용을 곧 시작하려고 하는데, 워낙 크기가 큰 놈이라, 어딜 가든 눈에 띨 것 같아서요. 아군한테 포화를 맞으면 안되지 않겠습니까?"

"그, 그렇지요. 무슨 얘기인지 잘 알겠습니다. 제가 그럼 협회를 비롯해서, 정부측과도 얘기를 해놓겠습니다. 아마, 타국의 협회에도 전달을 해놓으면 영공을 넘어갈 때도 간단한 승인만으로 입출이 가능해질 겁니다."

"감사합니다."

"고맙긴요. 오히려 이 거대한 골렘이, 앞으로의 싸움에 커다란 힘이 될 것 같군요. 제가 고맙습니다."

지부장은 침을 꿀꺽 삼키더니 다시 그림을 살폈다. 그리고는 말했다.

"그런데 이 거대골렘은 어디로 다니는 겁니까? 역시…… 바다로?"

대혁은 고개를 저었다.

그리고 손가락을 세워 천장을 가르켰다.

정확히는 천장 너머에 있을 하늘.

"아뇨. 하늘로 다닙니다."

◆

지부장과의 만남이 성공적으로 끝나고, 대혁은 지부장의

방을 나섰다. 방을 나서는 대혁을 향해 지부장은 몇 번이고, 자신이 확실하게 승인을 받아놓을 테니 걱정 말라는 말을 되풀이했다.

워낙에 호방하고 사람좋은 성격의 지부장이지만, 흔쾌히 부탁을 들어주자, 대혁도 고마운 마음이 들었다.

엘리베이터에 타려는데 '비이이이이잉' 거리는 사이렌 소리가 들렸다.

건물내에서 나는 건 아니었다. 미세하게 들리는 소리는 건물밖, 그것도 꽤 거리가 있는 곳에서 나는 소리였다.

대혁은 고개를 갸웃했다.

띵!

시간에 맞춰 엘리베이터가 도착했다. 엘리베이터를 타고 1층으로 내려가보니, 분주하게 움직이는 무장헌터들이 가득했다.

"대혁씨. 이제 이야기가 끝나셨나보군요."

누군가 대혁을 불렀다. 돌아보니 무장한 헌터들 중 하나인, 정세건이었다.

대혁이 물었다.

"무슨 일이 터진 겁니까? 싸이렌 소리도 들리던데."

"근처에 던전 브레이크가 임박했습니다. 이미 출동한 헌터들이 대기하고 있지만, 추가적으로 더 편성되어서 현장으로 가는 중입니다. 저도 도움이 될까해서요. 그럼."

정세건이 인사를 하고, 무장헌터들의 행렬에 섞여 밖으로 뛰어나갔다.

아까 싸이렌소리의 정체는, 다름이 아니라 던전 브레이크의 경고를 알리는 거였던 모양이다.

대혁은 1층 건물 문을 박차고 나가는 무장 헌터들의 행렬을 지켜보다가, 슬그머니 그 뒤를 따랐다.

◆

던전 브레이크.

전세계의 민간인에게 던전 브레이크는, 무시무시한 공포의 재앙이나 마찬가지였다.

홍수, 태풍, 지진등의 천재지변 이상가는 최악의 재앙.

아직 헌터들의 존재가 정립되기 전의 시절에는, 던전 브레이크가 한 번일어나면 수만에서 수십만이 죽는 대참사가 종종 벌어지기도 했다.

몬스터의 잔학성은, 눈 없는 재앙인 홍수, 태풍, 지진등과는 달랐다. 몬스터는 눈이 있다. 그것들은 인간을 골라 죽였다.

"던전 브레이크는 저도 몇 번 경험이 없습니다. 때문에 긴장되는군요. 대혁씨는 최근에 던전 브레이크 현장에 계셨었죠?"

정세건이 말했다. 태국에 있었던 던전 브레이크 사건을 얘기하는 것이었다. 정세건의 옆에 서서, 주머니에 손을 꽂고 있던 대혁이 짧게 고개를 끄덕였다.

태국의 현장에서 그는, 거의 '혼자서'라고 해도 좋을만큼 던전 브레이크 현장의 진압에 큰 힘이 되었다.

정세건은 든든한 표정을 지었다.

아무리 그가 S급 최상위급 헌터라고 해도, 혼자서 던전 브레이크를 감당할 순 없다.

그것도 이번 던전 브레이크는, 무려 3티어의 최상위의 던전이 폭발하는 것. 거의 2티어나 진배없다고 보면된다.

던전 내에 있던 몬스터들의 폭류를, 감당하기는 쉽지 않을 것이다.

그것도 민간인의 피해를 최소화하면서.

정세건이 침을 삼켰다.

정세건은 특수주머니를 몸 곳곳에 착용하고 있었는데, 그것은 하나 같이 아공간마법이 걸려있는 주머니들이었다.

스페셜 리스트, 정세건.

지구상에 존재하는 무기라면, 어떤 희귀한 무기라도 모두 최고의 숙련도로 다룰수 있다는 무기술의 귀재.

주머니 하나에는, 각각 대여섯 개의 무기가 들어있다. 그는 필요에 따라 주머니에서 무기를 교체해 꺼내가며 몬스터를 상대한다.

총 백여 개 이상의 무기가 주머니 안에 있다.

대혁의 파쿨타템에 비하면, 그 적재량은 산과 자갈정도의 차이긴 하다.

그러나 정세건의 무기술은 그 정도로도 충분히 빛을 발했다.

"던전 브레이크 예상까지 앞으로 30분입니다! 30분 이내라면 지금부터 언제터져도 이상할 것 없으니 모두 대기 바랍니다!"

앞선에 있던 지휘관급으로 보이는 헌터가 외쳤다. 앞에 있던 헌터들이 뒤로 고개를 돌리면서 내용을 전달했다.

"저도 준비를 해야겠군요."

대혁이 말했다. 그는 조용히 '파쿨타템'의 입구를 열었다. 헌터 몇몇이 눈을 휘둥그레 뜨고 그 광경을 지켜봤다.

"저게…… 그 '골렘의 장인'이라는 우대혁의 기술이구나. 저게 정확히 뭐지? 골렘을 만들어내는 건가?"

"그건 아니고, 이미 만들어낸 골렘을 저 안에 창고처럼 저장하고, 저기서 골렘 수천기 이상을 불러낸다던데?"

"던전 브레이크 때문에 긴장했는데, 우대혁이 왔으니 한시름 놓았네."

헌터들은 대혁을 보며 제각기 한마디씩 뱉었다. 열린 파쿨타템의 새까만 입구에서, 골렘이 하나둘씩 걸어나오기 시작했다.

쿵! 쿵! 쿵!

골렘들은 잽싸게 나왔다. 대혁은 위풍당당한 골렘들의

면모를 하나씩 둘러보았다.

"자, 모두 위치로 가서 대기해라."

대혁은 골렘의 용도에 따라, 녀석들의 적절한 위치를 텔레파시로 지정해 주었다.

라이플 골렘같은 장거리 저격용 골렘은 최후방으로, 타이탄 골렘처럼 덩치가 크고 몸빵이 되는 골렘은 최전방으로.

헌터들은 골렘의 움직임에 길을 비켜줬다.

500여기정도 되는 골렘들이 우군의 빈 공백을 든든하게 메워줬다.

골렘 500과 서울에 있는 헌터들 400여 명 정도가 이 현장에 모여 있다.

대혁이 골렘들을 전열에 세운지 얼마 지나지 않아, 던전에서부터 이상 현상이 발견되기 시작했다.

꿀렁꿀렁이며 에너지의 흐름이 급격히 치솟기 시작한 것이다.

철컥.

정세건도 주머니에서 무기를 꺼내들었다. 소총형 무기. 정세건을 위해 특수제작된 화기로, 그 탄환에는 정세건의 오러를 담을 수 있도록 고안된 무기였다.

"모두 전투준비! 곧 던전 브레이크가 터질 걸로 보인다!"

지휘관급이 소리쳤다. 헌터들은 긴장한 기색으로, 그러나 모인 모두가 베테랑답게 착착 전투준비를 끝마쳤다.

삐이이이이이이이이이이이이익————————!

끓는 주전자가 내는 소리같기도 한, 그것을 몇천배쯤 증폭시켜놓은 소리가 대기를 찢어발겼다.

그것은 그야말로, 이차원의 던전이 열리면서, 공간을 찢어 발기는 소리.

던전이 터지면서 내는, 던전 브레이크의 소리였다.

쿠구구구구구과과과가가각!

동시에 마치 폭격처럼 충격파가, 일행들의 몸을 뒤덮어온다. 주변 건물들유리창이 챙그랑 터져나간다.

"온닷————!"

지휘관의 외침과 동시에, 시야가 멀정도로 밝은 빛무리가 던전이 있던 부근으로부터 터져나왔다.

◆

—키아아악!

좀비. 구울. 같은 하급 언데드 몬스터들이 괴기한 울음을 흘리며 달려들었다. 헌터 하나가 들고있던 칼로 좀비의 머리통을 박살내버렸다. 썩은 피가 터져나간다.

헌터의 실력으로, 좀비정도야 수 십마리도 잡을 수 있다. 그러나 문제는 좀비나 구울따위가 진정한 상대가 아니라는 것.

2티어에 육박하는 3티어 최상위 던전에서, 좀비, 구울이 메인 몬스터일리 없다.

"끄아아아악!"

전장의 어디선가 사람의 비명 소리가 터지기 시작했다. 그것은 좀비, 구울이 아닌 한차원 위의 언데드 몬스터에 의한 것. 바로 자신의 머리통을 무기 대신으로 마구 휘두르는 듀라한과, 검은갑주에서 냉기를 뿌려대고, 검은 연기로 이루어진 말을 타고, 롱소드를 한손으로 쥐고 헌터들을 상대하는 데스나이트 등에 의해서였다.

한순간에 던전 내부로부터 쏟아져 나온 언데드 군단은 전장을 한순간에 엉망진창으로 흐트려놓았다.

지옥에서 올라온듯, 한기와도 비슷한, 어두운 기운을 사방으로 뻗쳐대면서, 언데드 몬스터들이 진격했다. 그 숫자만 해도 일견 수천은 가볍게 넘어보인다.

다행인점은 그 태반이 좀비나 구울이란점.

비교적 강하긴 하다만, 데스나이트나 듀라한 역시 2티어 등급의 몬스터라기엔 어딘가 못미친다.

쾅! 쾅!

최후방부에서, 자리를 잡고 시야를 확보한 라이플 골렘들의 탄환세례가 떨어진다. 좀비나 구울따위는 한번에 몇 마리씩 터져나갔고, 듀라한은 몸통이 뚫려나갔다. 그래도 버티던 듀라한은 결국, 다리, 팔 마지막으로 얼굴이 탄환에 터져나가고야 무릎을 꿇는다.

데스나이트는 그나마 라이플 골렘의 탄환으로부터 가장 잘견뎠다. 탄환을 가까스로 검으로 튕겨낸다. 그리고 흑마를 타고 날아올라, 라이플 골렘을 찾는다.

문제는 데스나이트의 상대가 라이플 골렘만 있는 게 아니라는 것.

푹푹푹!

밑쪽에서, 장창으로 데스나이트의 몸을 꿰뚫은 타이탄 골렘은 그 거력으로 단숨에 데스나이트를 바닥에 내리꽂는다. 그리고 나면 여러 개의 장창이 한번에 데스나이트의 몸에 꽂힌다.

장창은 데스나이트의 몸을 마구잡이로 헤쳐놓는다. 언데드 몬스터라고 해도 이 정도로 몸이 해체되고 나면 방법이 없다.

일견 누가 몬스터고, 누가 그 맞상대를 하고 있는 것인지 파악할 수 없을 정도로 압도적인 상황.

겁없는 골렘들의 용맹한 활약에, 순간 움츠러 들었던 헌터들도 용기를 되찾고 전장에 흡수되었다.

투다다다다—!

정세건은 최전방에서 싸웠다. 그는 데스 나이트의 검날을 피해가며, 오러가 담긴 탄환을 난사했다. 데스나이트의 몸이 간질발작이라도 온 것처럼 부르르르 떨다가, 말 밑으로 떨어진다.

정세건은 달려들면서, 주머니에서 중검을 꺼내든다.

검에 가볍게 오러를 덧씌운 정세건은 아예 데스나이트의 몸을 잘라버린 후, 다시 검을 주머니에 넣고 소총을 난사했다.

닥치는대로, 좀비 구울 할 것 없이 그의 난사에 바닥에 몸을 눕혔다.

언데드를 유린하며 마음껏 죽이는 정세건.

대혁이 나타나기 전까지만 해도, 한국 최고의 헌터에 꼽히던 실력.

그 실력에 대한 것은 허명이 아니었다.

헌터들이 모두 자신감을 되찾고, 언데드 군단을 무찔러 나가기 시작할때였다. 전황이 완전히 넘어왔다고 생각한 순간.

파직- 파지지직-! 빠지지지직!

먹구름이 하늘을 뒤덮더니, 뇌운이 몰려들었다. 전격을 품은 검은 구름은 곧, 바닥에 번개를 내리꽂기 시작했다.

빠지지지지직-!

정확히 헌터하나를 노리고 내리꽂힌 벼락은, 그대로 헌터를 구워버렸다.

자연스럽지 않은 구름과, 벼락의 흐름.

그것은 먹구름 뒤로 몸을 숨기고 있는 리치들의 전격마법이었다.

"리치라. 파모라라도 불러올 걸 그랬나?"

혼잣말과도 같은 중얼거림과 함께, 하늘로 솟아오른 천신같은 인영이 있었다.

바로 골렘수트에 탑승한 대혁이었다.

대혁이 올라서서 보니 리치는 대략 10여마리 정도였다. 대혁을 발견한 리치 하나가, 거대한 화염구를 생성해서 날려보냈다.

대혁은 피하지도 않고 화염구를 맞아줬다.

퍼어어어어엉----!

불길이 크게 치솟아 올랐으다. 대혁은 치솟아오른 불길을 뚫고, 그대로 쇄도했다.

플라즈마 추진장치를 최대출력으로 분사하자, 순간적으로 그의 몸이 음속을 뚫었다.

퍼걱---!

직선상 거리에 있던 리치 두 마리의 몸이, 음속에 달하는 몸통박치기에 그대로 먼지로 화했다.

"라이프 포스도 그대로 몸안에 두고 있던 모양이군."

리치의 심장이나 마찬가지인 라이프 포스.

보통은 몸 안에서 빼놓아 다른곳에 숨겨놓기 마련이다. 그럼 라이프 포스를 없애기 전엔, 리치를 죽였다고 할 수 없다. 헌데 이 녀석들은 빼놓지 않은 모양이었다.

[누누구구냐냐]

[너너느느는]

리치들이 말했다. 생전에, 인간 이었던 만큼 리치는 지능을 갖추고 있는 경우도 있었다.

"인간이었던 놈들이 몬스터들이랑 어울려 다니고. 부끄럽지도 않아? 그러는 니들은 누군데?"

대답을 기대하고 던진 질문은 아니었다. 그 질문 이후에, 대혁은 곧바로 그 녀석들을 쓸어버릴참이었으니까.

플라즈마 빔을 방사하려던 대혁은, 이어지는 리치의 대답에 잠시 멈칫했다.

[우우리리느는 흐흑과광의 마마탑탑의 리리치치]

"흑광의 마탑?"

익숙한 이름이다.

바로 대혁이 있던 노바틱 행성, 그곳에 있던 마탑중 흑마법을 연구하는 자들의 마탑이 바로 흑광의 마탑이었다.

'노바틱 행성이라고?'

대혁은, 던전 브레이크가 일어났던 중앙지점을 내려보았다.

◆

지상. 던전 브레이크로 황폐화 된 대지를 내려다보던 대혁이 다시 시선을 들어올렸다. 그의 시선은 리치들의 무리로 향했다. 흑광의 마탑에서 건너왔다는 리치들. 리치들은 지금 어둠의 마력을 무럭 무럭 뿜어대며, 대혁을 맞상대하기 위한 준비를 끝마치고 있다.

'저들이 노바틱 행성에서 건너온 리치들이란 말이지?'

대혁이 속으로 자문하듯이 말했다. 지금껏 노바틱 행성에서 넘어온 인물들이 몇몇 있었다. 그 모습을 처음 본 것은 아니다. 예를 들면 네크로맨서 루번, 영종도에서 루번을 초죽음으로 만든 적이 있다. 그 역시 노바틱에서 건너 온 인물.

대혁과 가까운 인물중에는 발탄 왕국의 왕 규토. 규토 또한 노바틱 행성으로부터 건너왔다. 그는 자신의 왕국을 버리고 지구로 왔다.

정확히는, 멸망한 왕국을 뒤로하고, 원수를 찾아 지구로 왔다.

그렇게, 노바틱 행성에서 지구로 건너온 사례가 몇몇 분명해 존재한다.

하지만 직접 그 현장을 즉석에서 목격한 것은 처음이다.

대혁은 다시 리치들로부터 시선을 거둬들이고, 몸의 방향을 틀었다. 지상쪽으로.

지금 대혁에게 중요한 것은 리치따위를 상대하는 것이 아니다.

직접 내려가서, 던전이 있었던 곳을 낱낱이 훑어봐 통로의 흔적을 찾아볼 생각에서였다.

노바틱 행성과 연결되어 있을 포탈.

일전에도 파모라와 그런 포탈을 찾은 적이 있었는데, 포탈은 둘의 출입을 막았었다. 하지만 막바로 차원간의 출입을 허가했던 포탈이라면 뭔가 단서가 있지 않을까?

어차피 몬스터들은 헌터들과 골렘들이 상대할 수 있을 것이다.

밑을 향해 날아가기위해 추진장치를 분사하려는데.

[Desine!]

우뚝.

순간적으로 대혁의 몸을 압박하고 거동을 제지하는 마나의 흐름이 느껴졌다. 대혁은 몸을 털어 기운을 떨쳐내려고 했지만,

마법을 건 리치들은 쉽게 대혁을 놔주지 않았다. [정지] 마법이 대혁의 몸을 휘감았다.

마법이라고 해봤자 어차피 마나의 흐름이 공식화된 것. 대혁은 아예 압도적인 힘으로 그 마력의 사슬을 끊고 움직이려고 했다.

그러나.

[Desine!]

[Desine!]

[Desine!]

리치 몇놈이 중첩해서 마법을 걸었다. 골렘의 신체가 뿜어내는 힘으로도 쉽게 떨쳐낼 수 없는 마법의 연쇄였다.

골렘장갑으로 인해 보이지 않았지만, 대혁의 미간이 모여들었다. 대혁은 입을 열었다.

그를 제동하는 이 리치들을 제압할 생각이었다.

"파쿨타템."

허공 한가운데서 아공간으로 열리는 파쿨타템의 어둠이 열린다. 문이 열리자 마자 안쪽에서 대기하고 있던 기운들이 움직이는 것이 느껴졌다.

쯔즈즈즉-!

그 안에서 드론 타입의 골렘 십여기가 나왔다. 골렘들은 나오자마자 대혁을 향해 [정지]마법을 시전했던 리치들을 향해 날아갔다.

츠츠츠츳!

드론 타입 골렘들은 전류를 방사했다. 리치들이 돌벽을 세워 막으려 했으나, 골렘들이 한 수 빨랐다.

파지지지지직!

전류의 방사에 몸을 맞은 리치들은, 비록 즉사하지는 않았지만 대혁에게 걸었던 [정지]마법을 해제 할 수 밖에 없었다.

드론 타입 골렘의 공격은 그게 끝이 아니었다.

그들의 목적은 리치들을 완전히 제압하는 것. 리치와 드론 타입 골렘의 싸움이 이어졌다.

대혁이 한결 부드러워진 움직임으로 리치와 드론 타입 골렘들의 싸움을 보았다.

흑광의 마탑 리치들은, 보통이 아니었다. 그들은 갖가지 마법을 무영창으로 외워가며, 혹은 한번에 두 가지 이상의 마법을 더블 캐스팅하며 드론 타입 골렘을 상대했다.

불과 얼음, 바람과 어둠, 의 마법이 어지럽게 허공에서 번쩍거렸다.

리치의 마법은 골렘의 신체도 가뿐하게 깎아버릴 정도였다. 그러나 몸의 절반 가까이가 날라가도, 드론 타입 골렘의 신체는 수복되었다.

리치들의 몸 역시 드론타입 골렘의 공격에 크게 피해를 입지 않고 있다.

지리멸렬한 상황.

대혁의 골렘들과 균형을 이루며 싸울 수 있다는 것은 이 리치들의 힘이 그만큼 대단하다는 것이었다. 대혁이 만약 이 리치들을 묶어두고 있지 않았다면, 이 리치들의 마법은 고스란히 밑에서 싸우고 있는 헌터들에게로 향했을 것이다. 안 그래도 대혁의 골렘들이 아니라면 어려운 싸움이 되었을 터인데, 거기에 이 리치들까지 가세하면, 어쩌면 이번 던전 브레이크는 큰 참사가 되었을지도 모른다.

하지만 대혁 하나의 영향으로 사건의 방향은 크게 다른 쪽으로 휘었다.

흑광의 마탑 리치와 드론 타입 골렘들의 싸움을 지켜보던 대혁이 입을 열었다.

"아. 생각이 바뀌었다."

대혁이 손짓하자, 허공을 제 집처럼 자유자재로 활공하며 리치들과 싸움을 이어가던 드론 타입 골렘들이 일제히 멈춰서는가 싶더니, 대혁의 뒤 쪽으로 빠졌다.

"나 혼자 찾는 것보다, 너희 열이 찾는 것이 더 빠르겠지. 너희들은 지금부터 밑으로 내려가라. 그리고 최대한 포털의 흔적을 찾아. 이차원 행성 노바틱으로 향하는 입구를."

골렘들이 지상으로 하강했다. 리치 여덟은 시전한 마법을 손에 품고 대혁을 노려보았다. 안구가 아니라, 불그스름한 안광이 빛난다.

"그리고 리치들은 내가 상대하지."

대혁이 말했다.

대혁은 리치들을 본격적으로 공략하기 전에, 어딘가로 텔레파시를 걸었다.

바로 대혁의 커스텀 골렘중 하나이자, 리치들의 퀸이라고 불리는 리치퀸 '파모라'를 향해서였다.

[파모라.]

[웅?]

파모라의 대답은 곧바로 들려왔다. 뭔가를 먹고 있는건지, 와그작 거리며 씹는소리가 들린다.

[뭐하고 있나?]

[아 지금 비디오게임중인데? 왜?]

[……]

대혁은 잠시 할 말을 잃었다. 파모라는 최근에 '미소년 육성게임' 이라는 콘솔기기로 하는 시뮬레이션게임에 푹 빠져 있었다.

예전처럼 현실에서 육체적인 관계를 탐미하지 못하기 때

문일까? 파모라의 성적 방향성은 점점 틀어졌다.

[아…… 그래. 뭐, 그런걸 할 수도 있지. 탓할 생각은 없다.]

[엉~ 그럼 끊어~.]

끊고 말고의 문제는 아니다. 대혁과, 그 수족인 골렘의 정신은 항상 연결되어 있다. 대혁이 차단하려면 못할 것도 없긴 하지만, 파모라의 마음대로 할 수 는 없는 부분이었다.

[지금 좀 나올 수 있나?]

[어? 귀찮은데…….]

[여기 흑광의 마탑 리치들이 나타났다.]

[흑광의 마탑?]

리치들에 관한 것, 그리고 흑마법에 관한것이라면 파모라가 모르는 것이 없다.

흑광의 마탑 리치에 관한것도 마찬가지.

[그 얼라들이 왜? 아… 근데 그 놈들이 지구로 왔다고?!]

[던전 브레이크가 터지면서…… 자세한 사정을 얘기하기엔 좀 길고, 니가 와서 잘 얘기해보겠나?]

[흠… 알았어! 금방 갈게!]

퍼퍼퍼퍼퍽!

대화가 끝나자마자 대혁이 입고 있는 골렘수트에 얼음창 수십개가 날아와 쳐박혔다.

골렘의 신체에는 파모라가 새겨준 마법방진이 있었기에

공격마법에 대한 방어가 어느정도 가능했다.

대혁은 별다른 피해를 입지 않고, 얼음창을 무위로 돌렸다.

[두셋만 남겨두면 되겠지.]

골렘의 안구가 빛나면서 마나탐지기가 작동했다. 대혁은 그 중, 가장 많은 어둠의 마력을 가지고 있는 두 놈만 선별해냈다. 두 놈을 제외하고는 모두 없앨 생각.

[부스트.]

대혁이 짧게 말했다. 동시에 골렘의 몸이 가속의 영역에 들어서기 시작했다. 토크를 올리는 슈퍼카처럼.

위이이이이잉-!

골렘의 몸에 잔떨림이 전달되면서, 언제든지 음속의 영역을 돌파할 수 있도록 골렘의 몸이 스탠바이 한다.

대혁은 움직이기 전에 눈으로 가볍게 동선을 그렸다. 그리고, 플라즈마 빔이 골렘수트 뒷면 전체에서 방출되다시피 하면서 그 몸이 튕겨져 나갔다. 타인이 보기엔, 골렘의 몸이 한순간에 사라진 것 같은 모양새.

파아아앙-!

거대한 동체가 움직이면서 그 뒤를 제트운이 따랐다. 대혁의 움직임은, 미처 소리도 쫓아오지 못할 정도.

리치가 그 움직임을 파악할 수 있을리 없었다. 그들은 손에 들고 있던 갖가지 마법을 뿌렸지만, 허공만을 갈랐다.

기이이이잉-!

기이이이이잉-!

골렘의 가동하면서 나는 소리만이 스테레오 사운드처럼 허공을 메웠다.

리치들이 선택할 수 있는 것은 한가지뿐.

그들은 정신을 공유해 대화를 나눴다.

[모두 마나 쉴드를 펼쳐라.]

[첫 공격을 막는다.]

[그리고 모습을 드러내자마자 화력을 집중해라.]

즈이이이잉-!

리치들의 몸을, 검푸른 빛의 마나 쉴드가 뒤덮었다. 마나 쉴드에 더불어, 물리력에 어느정도 내성이 있는 리치의 몸이라면 대혁의 첫 번째 공격정도는 막아낼 수 있을 거라는 게 리치들의 판단.

그 후에 마법을 이용한 공격을 집중포격해 골렘의 몸을 녹여버리겠다는게 리치들의 계획이었다. 그러나 그것은 첫 단추부터 잘못끼워진 작전이었다. 마나쉴드를 걸었다고 해도, 리치의 신체로, 골렘수트로 가속한 대혁의 공격을 막아낼 수 있을리 없었다.

푸하아아악-!

대혁이 타고 있는 골렘수트가 언뜻 나타났다. 동시에 리치 하나의 몸이 터져나갔다. 거의 먼지처럼 잘게 부서져 흩어진 리치의 몸은, 이내 연기로 화했다.

화르르르륵!

검은 불길이, 한 발 늦게 대혁이 나타났던 곳을 노렸으나, 빈 허공만을 갈랐다.

대혁은 이미 사라져, 다음 타깃을 노렸다.

퍼어어어억!

퍼어어억!

푸화아아아악!

연달아 셋의 리치가 죽었다. 리치들의 리더는 이를 까득 물었다. 생사를 초월하고, 영생을 사는 리치. 그 리치가 된 이후에는 감정조차 거의 증발 시켰다고 생각했다.

그가 이토록 당황하는 것은 리치가 된 이후로는 거의 처음있다시피 한 일.

[마, 마나 쉴드로는 안된다! 블링크로 피해라!]

블링크.

일정한 범위 안에서, 랜덤으로 공간이동을 해 몸을 피하는 회피마법이다.

푸슈숙—

퓨숫!

리치들은 블링크를 연속 시전하면서, 수시로 자리를 바꿨다. 잠시, 대혁의 공격이 주춤했으나 그것은 정말로 잠시였다.

대혁은 곧, 리치들의 블링크에 적응했다.

퍼어어억!

리치 하나가, 블링크를 시전해, 공간이동을 통해 나타난

곳에, 곧바로 골렘의 몸통박치기가 날아들었다. 리치가 먼지로 화했다.

리치에게 죽음이란, 곧 그대로의 소멸을 의미한다.

영멸.

환생이나 윤회의 고리에 들 수 없다.

애초에 리치가 됐을 때 죽음을 각오하고 되는 경우는 없기에, 그들은 이런 날이 찾아올거라곤 상상도 못했다.

퍼어어어억!

푸화아아아아악!

리치들이 차례로 터져나가고, 마지막 둘만이 남았다. 흑광의 마탑 리치들의 리더인 자와, 그 바로밑에 있는 리치.

[이이이노노노노놈!]

흑광의 마탑 리치는 분노의 일갈을 내질렀다. 보통의 사람이라면 다리에 힘이 풀리며 기겁을 했을터였지만, 대혁에겐 귀만 간지러운 목소리였다.

"말 더듬지 말고 똑바로 해."

대혁과 리치가 지금 대화를 나누는 것은, 노바틱의 언어.

대혁 역시 20여년의 세월을 노바틱에서 보낸만큼 거의 네이티브의 수준으로 노바틱의 언어를 구사할 수 있었다.

하지만 리치의 목소리는 마치 메아리처럼 몇 겹으로 울려 알아듣기 버거웠다.

[......]

"아, 됐어. 마침 오는 모양이군."

대혁이 말했다.

쿠구구구구----!

그 말이 끝남과 함께 저 멀리서, 어둠을 몰고 날아오는 자그마한 흑점이 모였다.

리치의 리더인자가 고개를 틀었다.

그곳에서, 그가 느끼기에도 아주 익숙한 기운이 다가 오고 있었다.

"이 기운은 설마……?"

◆

쿠구구구구!

거대한 마력을 방사하며 근접해오는 존재는 파모라.

아무리 파모라의 비행마법이 완숙에 다달아 있다고는 하나, 이 속도는 말이 안되는 것이었다. 태평양 한가운데에 있는 대혁의 요새 잉칼리움은, 이 곳 서울 한복판으로부터 수천킬로미터 떨어진곳에 있는 장소였다.

제트기를 타고온다고 해도, 이렇게 빨리 도착할 수는 없다.

그런데 지금, 파모라는 대혁이 연락을 취한지 5분도 안되어 모습을 드러냈다. 저 곳으로부터 여기까지 비행해

하는데 몇십초 정도 더 걸릴 것 같긴하다만, 그것은 문제
도 되지 않는 거리였다.

대혁의 입꼬리가 말려 올라갔다.

'나름 성과가 있는 모양이군.'

대혁이 미주대륙을 찾아 앰플스톤을 구하고, 팬텀을 상
대해오는 동안 파모라 역시 놀고만 있었던 것은 아니다.

그 훨씬 이전부터, 대혁의 명을 받아 파모라는 개인적으
로 연구를 하고 있는 것이 있었다.

그것은 바로 [공간마법]에 관한 것.

콘솔게임이야 가끔 스트레스를 풀 때 하는 것. 그녀는
게임에 쏟는 시간의 수십, 수백배를, 마법연구에 쏟고 있
다.

공간과 시간에 관련된 마법은 보통의 마법과는 궤를
달리하는, 한 차원 위의 마법이다. 그러니만큼 습득하기
도 어렵고, 그 마법을 개발하는 차원은 몇 단계나 더 어
렵다.

그러나 애초에 파모라는 마법에 관해서라면 극의에 달해
있다.

비록 흑마법에 치우쳐 있다고는 해도, 어쨌든 정상급의
마법사는 정상급의 마법사.

파모라가 본격적으로 연구를 시작한다면, 어렵더라도 분
명히 더 높은 단계에 도달할 수 있을 거라고 생각했다.

대혁은 그리하여 파모라에게 이야기를 꺼냈다.

차원과 차원, 그리고 행성과 행성을 건너 뛸 수 있게 하는 던전 내의 포탈.

그 포탈을 연구 분석하고, 공간에 관한 마법을 개발할 수 있도록.

파모라 역시 흥미를 보였다.

그녀는 적극적으로 작업에 착수했고, 대혁은 그녀가 필요로 하는 모든 것을 적극적으로 제공해주었다.

자니누엔의 자금력, 더불어 수백기의 골렘이 던전내에서 작업을 했기 때문에, 파모라가 필요로 하는 모든 것들은 어렵지 않게 공수할 수 있었다.

그렇게, 어느정도 성과를 보인 것이 지금의 상황이라고 대혁은 생각했다.

그 먼거리를 단번에 도약해서 왔다는 것. 단순히 비행이 아니라 공간을 도약했다는 이야기였다.

그것은 바로 그녀의 마법이 진척을 이루고 있다는 이야기.

하긴, 파모라에 비하면 몇곱절 아래인 리치들 또한 [블링크]라는 공간계열 마법을 사용할 수 있는데, 파모라는 그보다 몇단계 위의 기술을 사용하는 것이 당연했다.

"저, 저분은 설마?"

리치의 메아리처럼 들리던 목소리가, 달라져 있었다. 울리지도 않고, 목소리도 보통의 인간처럼 성대를 통해 나온다.

"잘 말할 수 있으면서. 뭐, 다 왔으니까 직접 얼굴을 확인해보라고."

"안녕?"

어느새 다가온 파모라가, 인사를 건네왔다.

"다, 다, 당신은!"

리치의 리더가 눈을 크게 떴다. 그는 리치퀸 파모라를 뚫어져라 쳐다보며 믿을 수 없다는 듯 입을 크게 벌렸다.

리치의 리더가 놀라워 하는 모습을 보면서, 대혁은 제법이라는 듯 파모라를 보았고 파모라는 의기양양하게 콧대를 드높였다.

"누구지?"

이어진 리치 리더의 질문에, 한껏 어깨를 높이며 의기양양해 있던 파모라가 "에?" 하며 얼빠진 소리를 냈다.

리치 리더는 자신이야말로 당황했다는 듯, 떠듬 떠듬 말을 꺼냈다.

"분명히 그 기운은 파모라님의 것이야. 틀림없어. 내 눈이 틀릴리는 없지. 흑마법을 익히며 리치로 화한지도 어느새 200여 년. 흑광의 마탑을 이끌어온 것이 50여 년이 넘었으니까…… 하지만 그 외양은, 도저히 파모라님이라곤 볼 수 가없군. 마치 미성숙한 유년의 몸을 보는듯한… 본디 파모라님의 몸매는 더 없이 농염한 여체였……."

"이게!"

파모라가 리치에게 꿀밤을 먹였다. 보통의 꿀밤은 아니다.

어둠의 마력이 뭉게 뭉게 모여들어 주먹의 형상을 이루고, 그 주먹으로 내리친 꿀밤.

"억!"

리치의 리더는 꿀밤을 얻어맞고 비명성을 토했다. 꿀밤이 고통스러워서가 아니라, 그 꿀밤이바로 파모라를 증명하는 파모라의 시그니쳐 스킬이었기 때문이다.

"파모라님!"

그제야 리치의 리더는 파모라를 알아보고 허공에서 절을 올렸다. 그를 따라 하나 남은 리치마저 절을 올렸다.

파모라는 팔짱을 끼고 의기양양하게 그를 내려 보았다.

"어찌 그런 하찮아 보이는 모습으로……?"

리치 리더는 괜히 말을꺼냈다가 꿀밤을 한 대 더 얻어맞고야 입을 다물었다.

"자세한 이야기는 뒤로 미루고 말야. 우선 우리의 대장이 궁금한 것부터 물어보자고."

파모라가 뒤 쪽으로 찡긋 윙크를 하며 말했다. 뒤에서 지켜보던 대혁이 고개를 끄덕거렸다.

"너희들."

"네?"

"노바틱 행성으로부터 왜 건너왔지? 흑광의 마탑을 버릴 정도로. 분명 흑마법을 연구하는 아홉 개의 탑중에서도, 흑광의 마탑은 수위에 들었을 텐데. 내가 특별히 마법서를 내려준 적도 있고."

"······그것이."

리치의 리더는 떠듬거리면서 입을 열었다.

"이미 노바틱 행성은 누군가가 살아가면서 생을 영위할 공간이 아닙니다."

"그게 무슨 얘기지?"

"지옥이나 마계나 마찬가지인 공간. 이미 생기를 다 빨린 미라 같은 행성. 그게 바로 노바틱 행성의 현재 모습입니다."

"······."

대혁은 조용히 둘의 대화를 들었다.

"모든 것은 어떤 검은 드래곤에 의한 것이었습니다."

"······하?"

"저희 역시 그곳에서 그냥 죽음을 맞이할까봐도 생각했지만, 역시 이대로 죽기엔 흑마법의 유지가 너무 아쉬웠습니다. 그 전승을 위해서라도 타차원으로 이주를 해서 생을 연명해보자고 생각했죠."

"그렇다고 해도 너희들의 마법으로 이 곳으로 건너온건 아닐거 아냐? 너흴 무시하는건 아니지만······ 누가 너희를 도왔지?"

"맞습니다. 저희는 그저 소문을 듣고, 남자를 찾아가 부탁을 했을뿐이지요. 혹시 구복중 하나, 켈라이쥬와 연락이 닿지 않으시는 겁니까?"

"켈라이쥬? 그 음흉한 녀석이 왜?"

구복은, 바로 노바틱행성의 지배자 길가메쉬 밑에 있는 아홉명의 신하를 이야기 하는 것이다. 그들 모두가 길가메쉬에 비할바는 못 되지만, 굉장한 능력을 가지고 있다.

파모라 역시 구복중 하나였다.

켈라이쥬 역시 구복중 하나로, 파모라와는 그닥 사이가 좋지 않았다.

파모라 뿐만이 아니라 구복 누구도 켈라이쥬를 좋아하지 않았다.

속내를 내보이지 않으며, 늘 음흉한 미소를 보이는 켈라이쥬를 좋아할 사람은 없었다.

"사실 그자를 통해서 건너왔습니다. 노바틱에선 그런자들을 '인터미디오'라고 부릅니다. 다른 행성으로의 이주를 돕는 자들을 통칭하는 말이지요."

"켈라이쥬가 타행성으로의 이주를 돕고있다고?"

말같지도 않은 자였다. 행성의 주인되는 길가메쉬의 수복이라는 놈이, 행성이 위기에 처해있으면 그 행성의 존속을 돕지는 못할망정 그 멸망을 가속화 한다고?

"구린내가 나는 놈이라곤 생각했는데, 생각이상으로 최저였던 놈이네."

"……."

"너희들에게 하는 말은 아니야. 너희들의 심정도 충분히 이해가 가니까."

"감사합니다."

뒤쪽에서 조용히 듣고 있던 대혁은 '인터미디오' 라는 말을 떠올렸다. 이번에 북미대륙에 있을 때, 규토에게 물은적이 있었다.

규토의 이주를 도운 자. 그도 인터미디오라고 했다.

다만, 이름은 달랐다. 켈라이쥬라는 이름이 아니라, 나르카라는 자가 규토에게 도움 줬다고 했다.

'중개인 '빌헬름' 과 비슷한 존재인가?'

대혁은 일전에 콜렉터에게 들었던 중개인에 대한 이야기를 떠올렸다. 타행성의 이주자에게 블랙헌터 집단을 연결해주는 트리퍼.

"어쨌든 그리하여 지구로 어렵사리 오게 된 것입니다. 지구로 오면 환영받지 못할거란 얘기는 들었지만, 다짜고짜 공격이 시작되기에 저희도 맞서 싸운것……."

"무슨 말인지 알겠어. 시온."

파모라는 리더의 말을 끊었다. 그녀는 리더의 이름을 '시온' 이라고 불렀다. 시온이 반색했다.

"제 이름을 기억하고 계셨군요!"

"정확히 말하면 까먹고 있었지만, 방금 떠올랐어."

"그것만해도 영광입니다. 흑마법의 정점이신 파모라님은 늘 저희들의 우상이나 다름없었습니다."

"근데 말야."

"네. 말씀하십시오."

"저 밑에 있는 데스나이트랑…… 기타 언데드 몬스터들,

너희꺼야?"

'너희 것'이냐는 소유를 주장하는 질문에는, 저 언데드 군단을 부리며 인간들과 싸움을 획책하는것이 시온의 짓이냐고 묻는것이었다. 시온은 손사래를 쳤다.

"전혀 아닙니다. 아시다시피 흑광의 마탑은 그리 호전적인 흑마법사들도 아닙니다. 물론 흑마법사이다보니 괴팍한 구석이 있다고는 하지만, 아시잖습니까? 저희는 주로 연구에 집중하는 학파인걸."

"그렇긴 하지."

파모라는 고개를 끄덕였다. 흑마법사들 주에, 호전적으로 전투를 하며 전투흑마법을 전문적으로 개발하는 마탑이 있는가하면, 흑광의 마탑처럼 흑마법의 본질과 다양한 마법의 개발에 힘쓰는 자들도 있었다. 그들이 리치가 된 이유도, 영생을 얻어 마법의 본질에 더 깊숙이 다가가기 위한것이지, 굳이 그 목적이 사람을 해하기 위해선 아니다.

"저 언데드 군단과는 전혀 상관없다는 거지?"

"예. 우연찮게 한꺼번에 쓸려나왔을 뿐입니다."

파모라가 대혁을 향해 고개를 돌렸다.

"그렇다는데?"

"흠."

"이 녀석들을 데려가면, 연구에 큰 도움이 될 수 있을 것 같아. 어떻게 생각해? 좀 데려다가 써도 될까?"

"잠시만."

대혁은 눈을 감았다. 리치 시온의 말에 거짓은 없어보였다. 그러나 이대로 데려간다는 것은 이치에 맞지 않는다. 분명히 지켜보는 눈도 많았을 것이고, 이 리치의 모습을 눈에 담은 헌터들이 한둘이 아닐것이다.

그 리치들을 대혁이 품는다면 후에 반향이 일어날 수도 있다.

"……괜찮지 않아?"

파모라가 재차 물었다. 그녀는 정말로 이들을 데리고 요새 잉칼리움으로 돌아가고 싶은 모양이었다.

하긴, 얌전히 잉칼리움에 처박혀 마법만 연구한다면, 다른 헌터들이 알바는 아니다.

아니면, 리치의 육체를 버리게 하고 커스텀 골렘화를 시킬수도 있다.

그래도 뭔가 찜찜했다.

대혁이 눈을떴다.

"그럼 이렇게 하지. 반(反)언데드 화 주술이 사용 가능한가?"

파모라가 시온을 보았다. 시온은 고개를 끄덕였다. 시온이 대혁을 보았다. 비록, 자신과 함께온 리치들을 죽인 남자였지만, 파모라가 그와 우호적인것으로 보아 적으로 삼으면 안될 것이 자명해보였다.

더불어, 자신들 역시 그를 공격했으니 피장파장이었다.

"좋아 그럼 파모라와 함께 청소 좀 도와. 그럼 우리집으로 초대하지."

대혁은 밑으로 손가락을 내렸다.

언데드 몬스터에겐 신성력을 가진 자들이 쥐약이나 마찬가지다. 그래서 신성력 보유자들이 가장 상극이라고 알고 있는 것이 보통.

그러나, 언데드에겐 한층 더 상극이 존재했다.

바로 언데드를 만들고, 부릴 수 있는 흑마법사들.

반(反)언데드.

언데드를 언데드 이전의 시체로 되돌리는 그들의 마법은, 당연히 상극의 힘인 신성력보다도 우위였다.

언데드의 진정한 천적.

파모라와, 흑광의 리치 둘은 마력을 끌어올리기 시작했다

◆

언데드 군단은 일견하기에도, 굉장한 숫자였다. 물론 처음에 비하면 그 숫자가 현저하게 줄어들긴 했다. 지상에서 싸우고 있는 헌터중엔 신성력의 보유자도 몇 명 있었고, 그들은 맹렬하게 신성력을 뿜어냈다.

백생의 광이 한번씩 휘몰아치면, 언데드 군단은 태양 아래 아이스크림처럼 흐물흐물하게 녹아버렸다.

물론 그런식으로 단박에 형체조차 잃고 죽어없어 지는 몬스터는, 언데드 중에서도 최하위인 좀비나 구울따위였다.

중급 이상의 언데드 몬스터는, 헌터들의 신성력을 견뎠다.

듀라한은 헌터들의 신성력이 닿으면 화상을입은 듯 몸이 이글이글 익었다. 그러면 더욱 분노해서 헌터들을 공격했다.

데스나이트급은 신성력을, 자신들의 암흑마력으로 어느 정도 튕겨내는 것도 가능했다. 그들은 신성력을 피해 달아나며, 보통의 헌터들을 공격했다.

헌터들과 언데드 몬스터들의 싸움은 양패구상으로 치닫고 있었다.

더 빨리 손을 써야한다.

만일 대혁의 골렘들이 아니었다면 이미 헌터들은 전멸했을지도 모른다.

대혁의 골렘들. 원거리에서 지원사격을 하는 라이플 골렘의 탄환들은, 한 번 쏠때마다 언데드 좀비 몇 마리를 한 번에 터뜨렸다. 신체의 반 이상이 그야말로 '폭발' 해서 '비산' 했다. 그 위력에는, 아무리 죽지 않는 몬스터 언데드라고 해도 기능을 정지할 수 밖에 없었다.

이 탄환에 영향을 받는건 듀라한이나, 데스나이트 역시 마찬가지다.

신성력같은 상극의 힘이 아니라, 그저 압도적인 '파워'
로 언데드 몬스터의 몸을 '깨어' 부순다

그 밖에도 타이탄 골렘이나 파이어 골렘, 아이스 골렘등
의 골렘들이 활약했다.

스페셜리스트 정세건의 활약 역시 대단했다. 그는 혼자
서 헌터 수십 명의 몫을 한꺼번에 하고 있었다. 동에서 서
로, 서에서 동으로 쉴새 없이 몸을 움직이면서, 전황이 불
리한 곳에 나타나 전황을 뒤집었다.

먼 거리에선, 총탄에 마나를 실어 언데드의 몸을 넝마주
이로 만들었고, 근거리에선 검을 뽑아 들었다. 검에 마나를
실고, 최단의 경로를 가로질러 목이나 팔다리를 잘라내고,
언데드 몬스터의 몸을 돼지고기라도 되는 것처럼 가뿐히
도축해버리는 그의 검술은 다분히 실전적이며, 위력적이었
다.

스페셜 리스트 정세건을 비롯한 몇몇 헌터들의 분전. 그
리고 골렘의 지원.

덕분에 싸움이 백중세를 이어올 수 있었다.

하지만 벌써 언데드 수백 수천이 죽어나갔지만, 아직도
그 몇 배에 달하는 언데드 군단이 남아있다.

헌터들은 인간이다. 그들이 비록 인간의 신체를 뛰어넘
는 힘을 가지고 있다고 하지만, 그들역시 인간인 것은 마찬
가지.

피륙으로 된 몸은 당연하게도 지쳐간다.

그대로 시간이 지속되면, 결국 지치지않는 언데드 군단이 헌터들을 모조리 밀어내고, 혹은 밀어내지 않는다고 해도 헌터들의 저지선이 뚫려, 언데드 군단은 민간인들에게까지 피해를 입힐 것이다.

대혁의 말에 따라, 반언데드 마법을 위한 마력을 끌어올리던 파모라가 중얼거렸다.

"흠. 숫자가 너무 많은 것 같은데."

"도, 동감입니다."

시온과, 타말.

흑광의 마탑에서 온, 마지막 남은 흑마법사 둘 역시 마력을 끌어올리고 있었지만, 언데드의 숫자를 보면서 땀을 삐질 삐질 흘렸다.

그들이 아무리 용을 쓴다고 해봤자, 저 언데드 군단의 반의 반도 시체로 되돌리지 못할것이 자명했다. 그것은 굳이 해보지 않아도 알 수 있는 일.

숙련된 흑마법사기 때문에 마법으로 미칠 결과를 내다볼 수 있다.

대혁이 뒷짐을 지고 있다가 파모라를 돌아보았다.

"그래? 안될 것 같아?"

"당연하지."

"그렇단 말이지."

대혁은 뭔가를 떠올렸다. 미국에서 앰플스톤을 다량으로 가지고 돌아온 이후에, 새로 만들어 낸 아이템.

골렘을 제조하는 기술을 익히면서, 기본적인 대장장이 스킬 역시 수준급 이상으로 익힌 대혁이다.

그가 만들어낸 무기는 아티팩트나 진배없었다.

"아이템 슬롯."

대혁은 슬롯을 열었다. 손을 집어넣어, 이번에 새로 만들었던 아이템을 꺼냈다. 원래는 자신이 사용하려고 만든 것이지만, 생각해보면 파모라에게 건네줘도 상관없을 듯 했다.

"이게 뭐야?"

파모라가 물었다. 대혁이 꺼내 보인 것은 벨트와, 목걸이, 그리고 팔찌였다. 셋 다, 보통의 물건은 아니었다. 벨트와 팔찌의 중앙, 그리고 목걸이의 펜던트 부분엔 모두 붉은 보석이 세공되어 박혀 있었다.

"앰플스톤으로 만들어 본거. 증폭용 도구야."

"아?"

파모라가 살짝 입을 벌렸다. 그녀는 한결 밝아진 표정으로, 대혁이 건네는 악세사리들을 받아들었다.

"음, 이런 게 있으면 진작 내줬어야지!"

파모라는 아티팩트들을 허공에 두둥실 띄워놓고는, 하나씩 착용하기 시작했다.

아티팩트들은, 마치 파모라를 위해 만든 것처럼 몸에 딱 맞게 줄어들어 착용이 되었다.

파모라가 목걸이와 팔찌, 그리고 벨트를 착용한 다음

자신의 모습을 한번 둘러보았다.

썩 마음에 들지는 않지만, 그렇게 어긋나지도 않는다.

무난하고 평범한 느낌.

"뭐, 디자인은 별로려나? 그럭저럭 봐줄만 한 것 같긴 한데……."

"디자인 보라고 만든 거 아니니까. 애초에 내가 디자이너도 아니고."

"뭐, 이런 건 효과가 더 중요하긴 하겠지?"

흑마법사에게도 무기가 존재한다. 오브나, 스태프같은것들.

검사에게 있어 검이고, 창병에게 있어선 창이 바로 마법사에게 있어선 그러한 무기들이다.

파모라는 구태여 그런 무기를 쓰지 않은지 오래됐다. 스태프나, 오브따위의 것들. 그녀에게 번거로운 무기였을뿐이다.

하지만 만약 그런 무기를 사용한다면, 그 녀의 힘은 배가 될것이 자명.

지금의 아티팩트가 그러했다.

우우우우웅!

벨트, 팔찌, 목걸이의 붉은 보석이 서로 공명하면서 빛을 뿌려댔다. 붉은 빛을 공명하며 뿌려대는 탓에, 지상에 있는 헌터몇은 눈쌀을 찌푸리면서 위쪽을 올려다보기도 했다.

"효과는 확실한데?"

파모라가 말했다. 파모라는 앰플스톤을 통해, 자신의 마력이 증폭되는 것을 느꼈다. 이 증폭은 차원이 다르다.

벨트, 팔찌, 그리고 목걸이를 통해서 세번 공명을 하며 증폭한다.

덕분에 적은 마력을 주입해도 그 곱절의 마력량을 잡아먹는 마법을 시전가능하다.

파모라가 흑광의 마탑에서 온 리치 둘을 돌아보았다.

"너희 둘은 필요 없겠어."

"예?"

"니들 몰골을 잘 돌아보고 생각해봐. 누가 봐도 몬스터라고. 그런 몰골로 저 전장에 뛰어들어서, 헌터들에게 일일이 우리 같은편이라고 얘기하면서 돌아다닐 생각은 아니지? 나는 아니라고 봐. 니들 그렇게 멍청하진 않잖아."

"……."

시온과 타말은 할 말이 없었다. 파모라의 말이 맞다. 그들이 내려갔다가, 도리어 헌터들에게 공격이나 당하지 않으면 다행이다.

어쩌면 겨우 건진 목숨을, 다시 잃을수도 있다.

그러면 목숨을 걸고, 자신들의 행성을 버리고 흑마법의 연구를 위해 지구라는 타행성을 밟은 처음의 의미조차 완전히 소실해버리는 셈이었다.

"하지만……."

시온과 타말은 대혁의 눈치를 봤다.

"혼자서도 할 수 있겠어?"

"나 혼자 하는게 아니고, 골렘도 있고, 헌터들도 많이 있잖아? 함께 하는거에 대가 보탬이 되는거니까."

"그런 그렇지."

대혁이 고개를 끄덕였다. 그는 시온과 타말을 향해 고개를 돌리고 말했다.

"파모라의 말이 맞는 것 같군. 너희 둘은 그냥, 여기서 지켜보기나 해."

파모라가 대혁에게 말했다.

"이 녀석들. 먼저 보내는 게 어때?"

"음?"

"같이 있어봤자 방해만 될 것 같은데,지금이야 전시니까 헌터들의 눈이 몬스터들에게 팔려있지, 싸움이 끝나면 끝나자마자 이 녀석들에게로시선이 집중될거야. 그땐 딱히 빼돌릴수도없다고."

"오랜만에 맞는 말을 좀 많이 하는군. 오랜 친구를 봐서 머리회전이 빨라진 건가?"

"뭐……."

파모라가 머리를 긁적거렸다. 대혁이 허가를 내렸다. 파모라는 손바닥을 하늘로 향하게 들어올렸다.

그녀의 손바닥에서, 츠츠츠츠츠거리면서, 마나가 뿜어져

나왔다. 마력은 곧, 동그랗게 뭉쳐져 구형으로 변했다.

시온과 타말은 그 마나의 응집체를 한번 보고, 이것이 무엇인가? 라는 의미를 담아 파모라를 보았다. 파모라가 말했다.

"저걸 따라가. 너희들을 대혁의 요새 '잉칼리움'으로 인도할 거야?"

"잉칼리움? 아……."

리치들이 입을 떠억 벌렸다.

잉칼리움!

노바틱 행성에 있을때 그들 역시 그 위명에 대하여 들어본적이 있다. 제국조차 두려워 한다는, 철의 인형들이 삼엄하게 지키고 있다는 성채.

아무리 흑광의 마탑에 처박혀 연구만 한다고 해도, 그정도로 유명한 이름은 듣지 못할리 없었다.

시온과 타말이 눈을 크게 뜨자, 파모라는 그 마음을 꿰뚫어봤다는 듯 씨익 웃고는 말했다.

"너희들이 생각하고 있는게 맞아. 골렘 마이스터, 우대혁. 그 자가 바로 이사람이야.대혁 역시 지구로 건너왔지. 사실 대혁은, 원래 노바틱 행성사람은 아니었어. 지구에서, 노바틱으로, 그리고 다시 지구로 돌아온셈이지. 잉칼리움은 대혁이 이곳에서 다시 세운 기지의 이름이고."

"그렇군요."

"하여간 잉칼리움으로 먼저 가서 기다려.안에는 동료들이 많으니까 그들이 자세한 얘기는 설명해줄 거야. 그리고……
절대 이 마력구보다 앞서 나가진 마. 이 마력구가, 잉칼리움
외부병기들에게, 니가 적이 아니라고 인증해주는 통행권이
될 테니까."

시온과 타말이 숙지했다는듯 고개를 끄덕였다.

"그럼. 이따가 뵙겠습니다."

마력구가 빠른 속도로 움직이기 시작했다. 시온과 타말
역시, 그 뒤를 따라 비행해 금세 시야에서 사라졌다.

파모라는 고개를 돌렸다. 그녀의 마력은 이미 충분히 모
여 있었다.

"그럼 이제 슬슬 시작해볼까?"

평소에는 철딱서니 없는 여자 아이같지만, 마법에 관해
선 누구보다 조예가 깊은 파모라.

그녀의 반언데드화 마법이 발동했다.

[palindrómisis pigí]

우우우우우웅!

검은 장막이 그녀몸을 뒤덮었다. 반지름이 약 5m정도
되는 거대한 원의 중앙에, 그녀가

둥실 떠 있었다.

"어… 이거 방송좀 되나?"

"방송?"

"대혁! 넌 옆에만 서 있어. 믿음직하게."

"응?"

그녀가 손가락을 딱 치자, 대혁과 파모라의 모습이 허공이 크게 떠올랐다. 그것은 마치 공중에 커다란 TV화면을 떠올린 것과 마찬가지인 모습이었다.

전투를 하던 헌터들의 시선이 금세 모여들었다.

"아아. 안녕하세요? 저는 파모라라고 합니다. 음 처음뵙죠?"

파모라는 뭔가 어색한지, 헛기침을 두어번하고 말을 이었다.

"여기 이 친구는 다들알죠? 골렘 마이스터. 우대혁입니다. 저는 이친구와 동료에요."

파모라가 머리를 긁적거렸다. 옆에 서 있던 대혁까지 괜히 뻘쭘해졌다.

"그러니까 지금부터, 제가 방역작업을 시작 할건데요. 언데드가 아닌 사람에겐 전혀~~영향을 끼치지 않으니까 뭐 긴장하시거나 할 필요 없어요."

헌터들은 "뭐야?" 서로 중얼거리면서 의아해했다.

파모라는 혼자 만족스러운듯 손뼉을 짝짝치며 마무리했다.

"그럼 통신 끝입니다. 파이팅~!"

파모라가 대혁을 돌아보았다.

"그럼 나 갔다올게."

그들의 위치는 현재 구름 위, 두둥실 떠 있던 파모라의 신형이 지상을 향해 뚝 떨어졌다.

◆

슈우우우우우우욱!

파모라는 딱히 플라이 마법이나, 중력조절을 하지도 않고 그대로 상공위에서부터 떨어져 내렸다. 중력가속도에 의해 그녀의 몸은 밑으로 떨어질수록 더욱 속력이 붙어났다. 머리칼이 바람을 타가 파르륵 거리며 흔들렸다. 그녀는 얼굴을 때리는 거센바람에도 신경쓰지 않고 눈을 똑바로 뜨고 지상을 내려보며 떨어져내렸다. 지금 그녀의 몸 주위로는, 거대한 흑색의 원이 있다.

이 흑색의 원은, 언데드를 언데드화 시킨, 흑마법의 마력을 끌어당기는 인력(引力)이 발생해, 언데더의 생명의 원친인 마력을 끌어 흡수한다.

아까 파모라는 이 작업을 방역이라고 표현했다. 방역차가 지나가면서 벌레를 향해 약품을 분사하면, 작은 날파리같은 벌레들은 비천하게도, 쉽게도 목숨을 잃는다. 파모라에게 언데드 몬스터는 딱 그정도의 수준밖에 되지 않았다.

'겨우벌레' 정도.

애초에 지금 파모라가 사용한, 반언데드화마법은 손 주위로 검은 마력을 뿜어내고, 그 손으로 터치를 해서 마력을 수거하는 정도의 마법이다. 지금 파모라처럼, 지름이 거진 10m가 되는 원으로 마력을 끌어당기는 광역마법은 아니다.

하지만 파모라는 그런 말도 안되는 일을 가능하게 했다.

그녀의 주력마법은 흑마법계열 공격마법과 함께, 네크로맨시(necromancy)를 첫 손가락에 꼽을 수 있다.

네크로맨시(necromancy) 는 죽은자를 되살리는, 언데드 마법의 일종이자, 그 근간이라고도 할 수 있는 마법이었다.

그런 그녀이니만큼, 이 정도 위력은 발할 수 있다.

파앗!

땅에 닿기 직전, 파모라의 몸이 두둥실 멈춰섰다.

"키애애애액?"

"크애액! 크액! 크액!"

주변에 있던 좀비와 구울들이 파모라를 향해 달려들었다.

"멍청한 부나방들. 죽겠다고 알아서 먼저 달려드는구나."

파모라가 말했다. 좀비와 구울은 알아서, 파모라가 펼쳐놓은 언데드회귀 마법의 영역으로 들어왔다. 그리고 들어오자마자, 그들의 움직임이 급속도로 둔해지더니, 털썩 털썩 바닥으로 쓰러지기 시작했다.

"자! 시작입니다!"

파모라는 팔을 넓게 펼치고, 그 상태로 비행을 시작했다. 그녀가 하는 '방역'은 정말로 별 것 없었다. 그녀는 그저 마법을 유지한 채로 비행했다. 가끔 헌터들이 눈을 찔끔 감거나, 두려워했으나 자신들에게 아무런 영향도 미치지 않는다는 것을 보고 안심한 채 전투를 이어갔다.

파모라가 지나간곳에, 언데드 몬스터들은 픽픽픽 바닥으로 쓰러지기 시작했다. 파모라가 참전한지 겨우 5분도 되지 않아, 수천이 넘는 언데드 몬스터들이 쓰러졌다. 물론 그 대부분은 좀비나 구울따위였다.

듀라한이나 데스나이트 같은 녀석들은 파모라가 펼쳐놓은 '원'의 영역으로 들어온다고 해도 버텼다. 파모라 역시 지금 당장 데스나이트나 듀라한을 처리할 생각은 없었다.

우선 좀비와 구울부터 싸그리 청소를 한 이후에.

후웅! 후웅! 후웅!

그때, 파모라의 등쪽으로 파공성이 들렸다. 파모라는 몸을 돌리자마자, 마력을 분출해, 자신을 노리고 날아들던 거대한 배틀엑스를 튕겨냈다. 파모라가 배틀엑스가 날아온 쪽을 향해 시선을 돌렸다. 그년 인상을 찡그린 채, 배틀엑스를 집어던진 녀석의 면상을 보았다.

듀라한이었다.

금방까지, 좀비, 구울부터 처리하고 중급이상의 언데드 몬스터를 잡겠다고 결심한 파모라였는데, 이 순간 마음이 바뀌었다.

"뒤졌어!"

파모라가 듀라한을 향해 달려들었다. 그 머리위에 손을 얹자, 영혼이라도 빨려나가듯, 듀라한의 몸에서 검은 기운이 빨려나와 파모라의 손으로 흡수되었다. 듀라한의 장대한 체구가 바닥에 철퍼덕 엎어졌다.

파모라는 분이 풀리지 않는자. 마력탄을 발출해 듀라한의 몸을 짓이겨버렸다.

◆

"잘하고 있네."

위에서 보고 있는만큼, 파모라가 전장에 참여하자마자 어떤변화가 일고 있는지 누구보다 한눈에 알아볼 수 있는 대혁이었다. 파모라는 반언데드화마법을 통해서, 좀비나 구울따위는 아예 녹여버렸으며, 듀라한과 데스나이트도 심심치 않게 잡고 있었다.

언데드 몬스터의 숫자가 대략 2만정도 된다고 했을때, 앞으로 싸움은 길어야 30분 이상이어질 것 같지 않았다.

"나는 내 용건을 봐야지."

방금 막, 드론 타입 골렘들로부터 포털의 흔적을 찾았다는 텔레파시를 받은 대혁이었다. 대혁은 던전 브레이크가 일어난 중심부를 향해 몸을 날렸다

퍼엉– 펑––– 펑–––– 펑펑펑!

그의 몸이 몇차례나 가속하면서 눈 깜짝할새에, 드론 타입

골렘이 자신이 부른곳으로 떨어져 내렸다.

꽈아아앙-!

대지를 찍듯이 내려앉았지만, 대혁의 몸에는 골렘의 내부에는 완충역할을 하는 구조가 몇단계나 적용되어 있다.

주위는 황량했다. 녹아내린부분도 있었고, 던전 내부의 환경이 일부 터져나와, 콘크리트를 타고 풀이 자라있거나, 나무줄기가 엮여올라간 경우도 있었다.

대혁은 나무 줄기 몇개를 뜯어내고, 드론 타입 골렘이 신호를 보냈던 곳으로 걸어갔다. 대혁은 주변을 경계하면서 움직였다. 신호를 보내던 골렘의 기척이 중간에 끊겼다.

그 얘기는 곧, 신호를 보내는 와중에 당했다는 이야기다.

던전 브레이크가 일어난 최심지이니 만큼, 주변에 있는 건물들은 모조리 초토화 되어 있었기 때문에, 무너진 건물들의 잔해때문에 시야가 어지러웠다. 대혁은 기둥이나 철근따위를 치워내며 움직였다.

"흠."

그리고 대혁은, 곧 골렘이 신호를 보냈던 곳에 당도 할 수 있었다. 정확히는, 신호를 보냈을거라 추측 되는 곳.

그곳엔 작은 물웅덩이가 있었다. 흙탕물같기도 하고.

"단순한 웅덩이가 아니군."

물웅덩이에서 신비로운 기운이 나오고 있다 .성수도

아닌데, 물이 이런기운을 뿜어낼 수 있을리 없다. 무언가 다른 내막이 존재함이 틀림없는 물웅덩이.

하지만 망설일것은 없었다. 안에 뭔가가 있다면, 들어가서 박살내주면 그만이다.

대혁은 물 안으로 뛰어들었다.

첨벙!

<u>꼬르르르!</u>

웅덩이이 안으로 들어서자 마자, 심해(深海)가 펼쳐졌다. 겉에선 고작 몇뼘되지도 않은 작은 물웅덩이였는데, 막상 안으로 들어오자 끝도 없는 바다가 너르게 펼쳐져 있었다.

"이곳은……?

심해라고는 하지만, 골렘의 내부에서 알아서 산소가 공급되고 있기에 호흡에는 문제가 없었다. 골렘에에 내장되어있는 산소공급장치가 자동으로 발동되면서 산소를 공급하고 있는 것이었다.

대혁은 주위를 훑었다.

다양한 해양생물들이 줄지어 움직이고 있어, 비늘이 보석처럼 반짝거리는 물고기, 이마에 둥그런 발광원이 달려있는 물고기, 이빨이 톱날처럼 뾰족한 물고기.

대혁은 플라즈마 추진장치를 발동해, 위로 솟구쳤다. 일단은 바다를 벗어나기 위해서였다.

그러나, 아무리 추진장치를 분사해 위로 올라가도 그 끝이 없었다. 곧 해류가 변하기 시작했다.

휘류류류류류류륙!

바닷속에서, 해류의 흐름은 거스를 수 가 없는것이었다. 이미 해류의 변화를눈치챈 물고기들은 해류를 벗어나기 위해 지느러미와 꼬리를 바쁘게 놀렸지만, 늦었다.

'자연적인 게 아니군.'

대혁은 해류의 흐름이 자연스러운 흐름이 아니란 것을 곧 깨달았다. 대혁이 고개를 돌렸다. 저 먼곳을 노려보자, 골렘의 안구가 자연스럽게 줌을 땡겼다. 마치 망원경처럼, 저 먼 곳의 상황이 눈에 담긴다. 대혁이 가장먼저 발견한것은 뾰족한 톱니같은 이빨이 무수하게 자리잡은, 동물의 거대한 아가리였다.

'입?'

벌린 입속으로, 물이 빨려들어가면서 해류의 흐름이 급격하게 변한것이었다. 뾰족한 이빨의 사이로 이미 수많은 물고기가 빨려들어가고 있었다.

어느 정도, 물과함께 물고기를 빨아들이자 입이 닫혔다. 워낙에 큰 반경으로 입이 열린 터라, 전체적이 모습을 확인하진 못했는데, 곧 그 모습이 제대로 드러났다.

'상어?'

일반적인 상어가 아니다. 웬만한 고래보다도 몇배는 크다. 신생대의 메갈로돈도 저렇게 크진 않을 터.

아마 몬스터에 가까운 동물이 아닐까 싶었다.

'설마…… 보스몹인가?'

그럴수도 있겠다고 대혁은 판단했다. 그렇다면 놈을 잡아야 이 해류를 벗어날 수 있을 거란 생각이 들었다. 대혁은 조심스럽게 놈을 향해 접근했다. 몇 백여 미터정도 거리를 남겨두고, 손을 들어올렸다.

철컥.

팔부위의 패널이 열리면서, 발사대에 장착되어 있는 검은 미사일이 나왔다.

마치 잠수함에서 쏘아내는 어뢰처럼, 미사일이 바다를 가르고 발사되었다. 크기는 소형이지만, 폭발력만큼은 가벼히 볼 계제가되지 못하는 폭발물을 탑재한 미사일이었다. 미사일은 빠른속도로 거대한 메갈로돈에게 가서, 피할 틈도 주지 않고 폭발했다.

해류가 거세게 일며 대혁을 밀어내려고 했다. 대혁은 버텼다. 이 미사일의 폭발은 이 한번이 끝이 아니다.

콰아아아아앙-!

이 미사일의 특징은 세번에 걸쳐 도화선을 당기며, 폭발한다는 것이었다.

콰아아아아아아앙-!

폭발이 폭발의 도화선에 불을 붙이며, 연쇄적으로 뇌관을 때렸다. 연이은 폭발의 흐름에이 고스란히 성난 바다로 변해 대혁을 덮쳤다.

콰아아아아아아앙-!

'멀쩡해?'

대혁은, 아예 메갈로돈이 산산조각 날 줄알았는데 그게 아니었다. 껍질이 파여나가거나, 뼈가 보일정도로 상처가 깊은 곳도 있었지만, 그 거대한 몸에 비하면 죽을만한 상처로 보이진 않았다.

물론 멀쩡한 건 아니었다. 타격을 입긴 입은 모양이었다. 놈은 거대한 몸을 돌려서 달아나기 시작했다. 뭔가 알 수 없는 타격에 의해 고통을 받자, 두려움이 생긴 모양이었다.

하긴 이 바다에서 왕 노릇을 하던 녀석이었을 텐데, 이런 고통은 처음 느껴보는 것이었을 테다. 아무리 몬스터나 동물이라고해도, 두려움을 느끼는 감정은 똑같이 작용한다.

자신이 상대할 수 없을 정도로 압도적인 상대를 만났을 때나, 지금처럼 근원모를 고통에는 두려움을 느끼고 달아나려는 게 본능이다.

대혁은 마무리를 위해 가까이 접근했다.

엄청난 크기.

얼핏보아도 대혁이 새로만든 '전함형 골렘' 에 가까운 크기다.

'이런 놈을 골렘으로 만들어서 바다에 풀어놓는다면 재미있겠군.'

대혁은 파쿨타템을 열었다. 그 안에서 골렘들이 무수히 나오기 시작했다. 대혁은 골렘을 이용해 우선, 놈의 숨통을 완전히 끊어 놓기로 했다.

푹! 푹푹푹!

쾅쾅! 쾅!

창칼이 놈의 몸을 헤집어놓고, 라이플 골렘이 쏜 총탄이 놈의 몸을 파헤쳤다. 그 거대한 동체에 비하면 얼마 되지 않는 크기의 상처였지만 그것들이 무수히 쌓여가자 마치 바늘로 수천번 찔러 인간을 죽이는것과도 같은 상황이 이어졌다.

놈도 반항을 했다. 한번씩, 몸을 휘두르면 거대한 해류가 소용돌이처럼 일어나 골렘들을 휩쓸고 갔다. 그러나, 대혁의 골렘은 한두 마리가 아니었다.

밀려나가면 다른 골렘이, 그리고 다시 밀려나가면 아까 전에 밀려나갔던 골렘이 되돌아와 메갈로돈을 공격했다.

-끄어어어엉!

결국 마지막엔, 처참한 비명과 함께 숨을 거둔 녀석이었다. 대혁이 손짓을 했다. 손짓만으로도 대혁의 의사를 알아들은 골렘들은 거대상어의 옆으로 달라붙었다.

아무리 수중이라지만, 수십 톤은 가뿐히 넘을 것 같은 녀석을 옮기는 게 쉬운 일은 아니었다.

'뼈대와 몸체를 기본으로, 약한 부위에만 금속을 덧붙여 강화하는 식으로 개조를 거치면 되겠지.'

그렇게, 거대한 메갈로돈의 사체를 골렘으로 활용할 방법에 대해서 떠올리고 있는 와중이었다.

[보스 몬스터 '거해교(巨海鮫)'를 잡으셨습니다.]

골렘의 5
장인

◆

　"보스몹 거해교라고? 역시 생각대로 보스몹이긴 했던 모양이군."

　[보스몹 사냥 특전으로 해왕삼신기(海王三神器)가 주어집니다.]

　[수중에서의 움직임이 자연스러워 집니다.]

　[수중 몬스터를 상대할 경우, 모든 능력치에 300% 보정을 받습니다]

　[7티어 이하의 수중몬스터에게, 공포등의 상태이상을 패시브로 시전할 수 있습니다.]

　보스몹을 잡으니 여러가지 추가적인 혜택이 주어졌다. 사실 이런 혜택은 대혁에게 있으나 마나였다.

　대혁은 지난시간, 다양한 던전에 수많은 골렘들을 보내왔다. 처음엔 공략던전 위주였지만, 나중으로 갈수록 미공략 던전에 역시 골렘들을 보냈다. 그것은 대혁이 유명세를 얻어가면서 가능하게 된 일이었다. 대혁의 골렘들은, 그 자체가 헌터나 마찬가지로 취급을 받았다. 덕분에 대한민국 구석 구석 미공략던전을 단지 골렘만 보내서 공략을 했다.

　헌터가 깬 것도 아니고, 단순히 골렘으로 깬 미공략 던전. 그 숫자만 해도 수십 개였다.

　던전을 처음 공략하면, 일단 공략 포상금이 주어진다.

그리고 그 이후엔 출입료의 퍼센테이지를 정부와 나눠 먹는다.

대혁은 벌써 그 수익만도 천억이 넘었다. 그리고 던전의 이용료로 매달 대혁의 계좌에 입근되는것이 100여억 원이 넘었다.

굳이 자니누엔이 아니어도, 대혁은 어마 어마한 돈을 벌어들이고 있었다.

물질적인 풍요 뿐만 아니라, 다양한 던전을 깨면서, 그 보스몬스터를 잡으면서 다양한 특전 또한 얻었다.

지금 대혁은, 일일히 열거할 수 없을 정도로 많은 특전을 주렁주렁 달고 있었다.

다만 혜택보다는, 새로 얻은 아티팩트가 무엇일지 궁금해진 대혁이었다.

"해왕삼신기는 뭔지 궁금하군."

대혁은 하나 하나 살펴보았다. 물을 다룰 수 있는 삼지창, 신축이 가능한 여의봉, 그리고 바다에서 사용할 수갑(水甲)의 삼셋트였다. 이 세가지 무구들을 통틀어서 해왕삼신기라고 부르는 모양이었다. 모두 훌륭해 보이는 무기였지만, 당장에 쓸 곳은 없다.

대혁이 골렘 하나를 시켜, 파쿨타템에 무구들을 옮겨놓도록 시켰다.

더불어 수백기의 골렘들이 나와서 거해교의 사체를 옮겼다. 워낙 덩치가 컸기 때문에 수중임에도 쉽게 옮기진 못했다.

"입구도 좀 작군."

대혁이 손가락을 따악 쳤다. 파쿨타템의 입구가 즈즈즈즈즈 소리와 함께 영역을 넓혀갔다. 지름이 100여미터에 달할정도로 그 입구가 크게 변했다. 대혁의 골렘들은 파쿨타템의 입구로 거해교의 사체를 집어넣었다.

골렘이 거해교와 함께 파쿨타템의 안으로 모습을 감추고, 대혁은 이제야 바다의 밖으로 빠져나왔다.

애초에 이곳으로 온 이유는, 드론 타입 골렘중 하나가 포털을 발견해서 였다고 해서다. 그런데 포털은 없고 웬 바다가 있다.

대혁은 플라즈마 분사장치를 이용해 높이 치솟아 올랐다. 해류의 방해가 없어졌다곤 하지만, 얼마 오르지 않았는 데도 곧 수면이 보였다. 아무래도 아까, 아무리 올라도 수면이 보이지 않던 것은 거해교의 능력임이 분명해 보였다.

대혁은 수면을 박차고 위로 솟구쳐 올랐다. 수면의 물들이 분출하듯 튀겨 오르며 대혁은 상공으로 치솟았다.

"……."

상공으로 올라온 대혁은, 주위를 둘러보고 잠시 할 말을 잃었다.

그야말로 망망대해.

끝이 보이지 않는 바다가 펼쳐져있었다.

대혁은 하늘을 올려보았다.

어둑하게 해가 저물어가고 있었는데, 벌써부터 달이 떠오르는 게 보였다.

하나가 아니다.

세 개의 달.

대혁은 침을 꿀꺽 삼켰다.

설마, 설마.

"설마 여기가 노바틱 행성은 아니겠지?"

◆

대혁의 생각대로였다. 파모라가 참전하면서, 언데드 몬스터들은 수수깡처럼 쉽게 박살났다. 헌터들은 싸우는것도 있고 파모라를 멍하니 지켜보았다. 데스나이트나, 듀라한따위를 마치 골판지처럼 찢어버릴 수 있는 힘은, 그녀가 강하기도 강했지만, 그녀가 언데드몬스터에겐 아예 천적같은 존재이기 때문에 가능한 일이었다.

일반적인 헌터뿐만 아니라, 정세건 조차 감탄할 수 밖에 없다.

"엄청나게 어려보이는데 대체 저 여잔 뭐지?"

[죽어라!]

마지막 데스나이트가, 검은 오러를 길게 뽑아 올려 파모라를 향해 내리쳤다. 파모라는 가볍게 손을 뻗었다. 데스나이트는 자신의 내부에 있는 에너지가 한순간에 사라 없어지는 것을 느꼈다.

그것은 그를 언데드 몬스터로 살아있게하는 흑마력의 원천이었다. 데스나이트가 검을 떨구고, 흑마위에서 몸을 떨어뜨렸다. 마지막 데스나이트가 죽었다.

파모라는 플라이 마법도 유지하기 버거워서 바닥에 착지했다.

"하아… 피곤해."

아무리 파모라라고 해도 수천에 달하는 언데드군단을 단신으로 쓰러뜨리는 일은 무리가 따를 수밖에 없는 일이었다 언데드 몬스터들을 상대하는 동하는 강한척하기 위해 겉으로 티를 내진 않았지만, 그녀 역시 기진맥진한 건 마찬가지였다. 만일 다른 헌터들이 함께 싸우지 않았다면, 아무리 언데드 몬스터의 천적인 그녀라고 할지라도 먼저 지쳐서 언데드 몬스터들에게 당했을지도 모른다.

다른 헌터들 역시 파모라가 참전한 이후 한결 수월하게 전투를 수행할 수 있었다.

정세건이 파모라에게 다가왔다.

"도움을 주셔서 감사합니다. S급헌터 정세건이라고 합니다. 대체 어디서 온 귀인이신지요?"

"아아. 몰라요. 몰라. 나 귀찮아. 피곤하고."

"귀찮게 해드려서 죄송합니다만, 하지만 귀인덕에 크나큰 은혜를 입었습니다. 저희들만으로는 역부족일 수도 있는 상황이었거든요."

"아까 말했잖아요. 우대혁이랑 같이 왔어요."

"아."

대혁은 내심 놀라웠다. 우대혁은 그 자체로도 강했지만, 수 많은 거기에 더불어 이런 초강자와도 안면이 있는 사이였던 것이다. 여러모로, 대혁덕에 크고작은 사건들을 연이어 해결할 수 있었다.

"대혁씨와 친분이 있으셨군요. 아…… 감사합니다. 아마 정부차원에서 포상이 있을 겁니다. 그나저나, 우대혁씨는 지금 어디 계시죠?"

정세건이 대혁을 찾았다. 대혁이 남겨놓고 간 골렘들 수백기는 지금, 거동을 중단한 채, 제자리에 앉아 있거나, 서 있었다. 그 골렘들의 목적이 애초에 언데드 몬스터들을 없애는 것이니, 언데드 몬스터가 모조리 땅에 떨어진 지금은 움직일 필요가 없었다.

헌터들은 무기를 꼬나쥐고, 언데드 몬스터 사이를 거닐며 혹시 생명력이 남아 있을 언데드 몬스터가 없나 눈에 불을 켜고 찾았다.

정세건이 주변을 훑었다. 어디에도 대혁은 없다.

"아……그러게."

파모라는 정신을 차리기 위해 노력했다. 그녀는 애써 정신을 집중해 대혁을 불렀다.

[대혁.]

[…….]

골렘의 5
장인

[대혁? 어디야?]

[…….]

[대혁! 일 끝났어! 어디야?? 빨리 나와! 집에 가서 쫌 쉬자! 피곤해 죽겠으니까.]

[…….]

대혁은 전혀 대답이 없었다. 파모라가 입술을 쭉 뺐다. 골렘 마스터인 대혁의 텔레파시와, 그 권속인 골렘의 텔레파시는 전혀 달랐다. 대혁의 텔레파시는, 골렘에게 강제적인 접근이 가능하다. 원한다면 그 시야나, 듣고 있는 것, 말하는것, 느끼는것까지 공유할 수 있다. 그러너 골렘이 마스터인 대혁의 오감을 공유하는 것은 불가능했다. 그저 말을 붙이거나, 대략적인 느낌(?)을 느끼는 것이 전부였다.

몇번을 불러도 대혁에게 대답이없자, 파모라는 대혁을 느끼기 위해 애를 썼다.

그러나 대혁의 기척은 어디에도 느껴지지 않았다.

마치 지우개로 그 흔적을 지워낸 것처럼.

파모라의 표정에서 핏기가 가시자, 정세건이 물었다.

"무슨 문제가 생긴 건가요?"

"아, 아냐! 문제가 있을리가 없잖아. 하여간 난 이만 가볼게."

"이름이라도 알려주고 가시죠."

"파모라야."

"아, 파모라씨. 오늘 정말 감사했습니다! 다음에 저희가 도움이 될 수 있는 일이 있으면 반대로 돕고싶군요."

"맘대로 해. 하여간 오늘은 이만."

파모라는 그 말만 남기고 두둥실 공중으로 떠올랐다. 잉칼리움을 향한 방향을 잡고, 파모라의 몸이 쏜살처럼 쏘아져 나갔다.

정세건은 조용히 그 모습을 올려봤다.

"자! 정말 고생들 많으셨습니다! 여러분들 덕에 오늘 또 한번의 고비를 넘길 수 있었어요. 모두 힘내서 마무리 합시다! 곧 후속대처반도 도착할 겁니다."

이미, 헌터들의 지휘관으로 보이는 사람이 관련 내용을 전파했지만, 한국의 헌터들중에선 우상이나 다름없는 정세건이 얘기하는 것은 또 다른 의미가 있었다. 모두가 으샤으샤 힘을 내서 뭉쳤다. 그들은 무너진 건물잔해를 치워 혹시모를 피해자를 파악하거나, 죽은 시체들은 한데 모으기 시작했다.

◆

[오늘 오후, 서울 xx시 xx동 일대에 던전 브레이크가 일어났습니다. 다행히 당국의 신속한 판단으로 인명피해는 발생하지 않았으며…… 이번 소란에 큰 힘을 보탠 새로운 헌터가 주목받고 있습니다. 마법계열 헌터로 추정되는 그녀는 혼자서 언데드 몬스터 군단의 절반가까이에 타격

을 입혔다고 하며…… 연이은 사건의 해결로 현재 헌터들 가운데서도 가장 주가를 높이고 있는 '골렘의 장인' 역시 이번 사건에 혁혁한 공로를 세운것으로 파악되고 있으며, 새로 나타난 마법형 헌터는 골렘의 장인 지인인 것으로 파악되고 있습니다.]

잉칼리움의 휴게실.

몇몇이 모여 앉아 TV화면을 보고 있었다. 오천락과 무토 요시노리, 그리고 종현량.

"취이익-"

그리고 하나가 더 추가되어 있었다. 바로 오크 족장 그랄.

미주대륙에서 돌아온 대혁은, 전함형 골렘의 마무리작업과 동시에, 그랄을 골렘화 시켰다.

그랄의 모습은 생전에 그가 가지고 있던, 오크의 모습은 아니었다. 농구선수처럼 키가 크고, 덩치는 오크처럼 컸지만, 그 특유의 어금니나 돼지의 코는 없어져 있었다. 오히려 꽤나 미남형의 얼굴로 변해 있었다.

하지만 특유의 콧소리는 어떻게 하지 못하는 그랄이었다.

"야. 그 소리좀 안 내면 안되냐?"

종현량이 말했다. 그는 오천락에 더불어 그랄과도 티격대었다. 종현량과 앙숙처럼 지내던 오천락 역시, 이번엔 종현량의 말을 거들었다.

"동감이다. 들을때마다 귀가 째진다고. 기분도 나쁘고. 뭔가 코 먹는 소리같아서, 내 식도가 함께 찜찜하다."

"인정."

"미안하다. 노력해보겠다. 취이익-"

"노력해보긴 개뿔."

종현량과 오천락은 TV로 눈을 돌렸다 전장엔 우대혁뿐만 아니라 파모라도 있었다.

TV화면속으로 들어갈 것 같던 무토 요시노리가 입을 열었다.

"또 한건 하신 모양이었군요."

"그러게."

"근데 저 분들은 언제까지 저렇게 놔둘 것입니까?"

무토 요시노리가 뒤 쪽을 보며 말했다. 그 뒤에는, 시온과 타말이 손을 번쩍 들고 무릎을 꿇고 앉아 있었다.

"아니, 저 놈들때메 갑자기 경보 울린 거 생각하면 아직 세워놓은지 한시간도 안됐잖아. 좀 더 놔둬야지. 놈들도 잘못한 걸 깨닫지."

어디가서 벌을 받는다는 개념은 생각해보지도 못한 시온과 타말.

그러나 앞으로 이곳에서 적응을 하면서 살아가야 하기에 이 정도는 하기 싫어도 할 수밖에 없는 처지임을 금세 깨달았다.

시온과 타말은 서로를 안쓰러워 하는 눈빛을 교환했다.

◆

-따라다라 다라라라~ 다단~

알림음이 울렸다. 경보음과는 다른, 낮은 볼륨의 부드러운 소리. 그건은 허가 받은 누군가가 잉칼리움의 안으로 들어섰다는 얘기였다.

"오신 모양인데?"

인원들이 일제히 일어섰다. 그들은 원래 하나같이 대혁의 적이었다. 그러나 대혁의 골렘이 된 이후엔 적이었 건 아니건 상관없이, 모두 대혁에게 호감을 품고 있었다.

근원적인 감정까지 건드리는 것이 골렘술.

그러나 그들은 전혀 이런 감정을 이상하게 받아들이지 않았다.

"취익-! 인간 왔는가. 가보자."

가장 최근에 일원이 된 그랄 역시, 대혁에게 호감을 품고 있었다. 퇴근한 주인이 집에 돌아오면, 꼬리치는 강아지처럼, 그들은 대혁을 마중나가려고 했을 때였다.

휴게실의 문이 열리고 파모라가 들어왔다.

"어! 파모라?! 얼굴이 왜그래?"

파모라의 안색이 많이 어둡자 종현량이 물었다. 파모라는 손을 들어올렸다. 말도 말라는 제스쳐를 취한 파모라는 엉기적 거리면서 걸어 쇼파에 몸을 푹 뉘였다.

"바, 박x스 좀."

파모라의 말에 무토 요시노리가, 한쪽에 놓여있는 냉장
고로 걸어갔다. 양문형 냉장고 냉장실칸을 열자, 그안에 수
많은 주전부리와 마실거리들이 있었다. 무토 요시노리는
그 중에 자양강장제를 꺼냈다.

끼리릭!

뚜껑을 따서 뚜껑은 쓰레기통에 버리고, 곧장 파모라에
게 음료를 건넸다.

꿀꺼! 꿀꺽! 꿀꺽! 꿀꺽!

파모라는 쉬지 않고 음료를 원샷했다.

"파아—!"

파모라가 눈꺼풀을 치켜올렸다. 파모라는 일원들을 한번
씩 돌아보더니, 물었다.

"대혁 아직 집에 안 왔지?"

"같이 계신 거 아니었습니까?"

무토 요시노리가 반문했다. 파모라는 힘 없이 고개를 저
었다, 그녀가 입을 열었다.

"같이 있었지. 같이 있었는데 어느 순간 사라졌어. 나한
테 언데드 몬스터들 청소를 맡기고, 기다리고 있는 줄 알았
는게 사라졌더라고? 그게… 어, 음. 어느 타이밍인지는 모
르겠는데, 하여간 언데드 몬스터들 모조리 쓸어버리고 나
니까 사라져 있더라구."

"사라졌다구? 갑자기 어디루 사라졌단 거야?! 뭐 갈데가
있었나보지."

"저도 그 말에 동의 합니다."

오천락과 무토 요시노리가 한마디씩했다. 파모라는 고개를 휘저었다.

"그런 게 아냐."

"그런 게 아니라니?"

"너희들, 대혁에게 텔레파시를 걸어봐."

"……왜?"

"시키는 대로 해봐."

파모라의 말에 그들은 모두가 눈을 감고 정신을 집중했다. 텔레파시란것을 사용하는 것에 익숙하지 않은 그랄은 소리를 내면서 대혁에게 텔레파시로 접촉을 시도했다.

"취익— 대혁? 응답바란다."

"……."

몇번 시도를 해도, 답이 돌아오지 않자 하나같이 천천히 눈을 떴다.

"응답이 없는데?"

"응답이 없다뿐이 아니군요. 이건… 뭔가 이상해요. 평소라면 마스터와 연결되어 있는 느낌이 있어야 하는데 지금은 그런 느낌이 전혀 들지 않아요. 마치 벽이 가로막고 있는듯한……."

"맞아. 나 역시 동일하게 느꼈어. 대답은 없다라도 적어도 어딘가에 있다는 느낌은 받아야 하는데, 그런 게 일절 느껴지지 않는단 말이지."

파모라의 말에, 그제야 사태의 심각성을 깨달은 무토 요시노리의 안면이 경직되었다.

"그렇다면 그 얘기는 혹시 신변에 무슨 변고라도 생겼다는 얘기입니까……?"

무토 요시노리는 믿을 수 없다는 듯 말했다. 다른 인원들의 표정 역시 그러했다. 그들보다 먼저 이 사태를 접한 파모라는, 충분히 생각할 시간이 있었다. 그렇기 때문에 그녀는 고개를 젓고, 자신의 생각을 말했다.

"너희들 솔직히 생각해봐. 솔직한 얘기를 들어볼게. 혹시 너희들…… 우대혁에게 무슨 일이 생긴다는 게 말이나 된다고 생각해? 그러니까 다시 말해, 누군가 그럴 쓰러뜨린다거나, 그의 신변에 이상을 입힌다는 게, 가능하다고 생각해?"

오천락, 종현량, 무토 요시노리, 그랄.

그들은 서로의 눈을 마주쳤다. 그들의 표정이 미묘하게 바뀌었다. 우대혁이 누구에게 당한다? 과연 그게 가능한 일일까?

우대혁 자신이 스스로 목숨을 구렁텅이에 몰아넣는 것이 아니라 다른 타의에 의해서 제압당하고, 목숨이 경각에 달한다? 그래서 신변에 이상이 생기고, 텔레파시조차 닿지 않는 상태다?

이들 모두 우대혁을 적으로 상대해 본적이 있다. 그렇기 때문에 누구보다 우대혁의 힘을 잘 알고 있었다. 그들의 공통된 생각은 단언코 'No'였다. 우대혁은 자신 스스로의 의지가 아니면, 다른 자의 공격에 의해서 핀치에 몰릴 일은 거의 없을 것이다.

"뭐, 상대가 팬텀의 리더급같은 궁극의 인물이면 모를까. 그런 것도 아니었을거 아냐? 바로 눈앞에 그런 자가 나타나면 파모라 네가 몰랐을리 없으니까."

"저 역시 마스터 만큼 강한 인물이 몇 떠오르긴 합니다. 일례로 별찌미르. 뇌전 그 자체인 미르. 하지만, 대혁이 쉽게 당한다는 건 역시 상상할 수 없군요."

"그렇지? 나도 그래. 무엇보다 우대혁 그는, 길가메쉬님을 꺾었어. 길가메쉬님이 누구인지 모르는 사람도 있을 거야. 쉽게 말해 이렇게 얘기해주지. 행성의 지배자. 내가 살던 노바틱 행성의 주인이 길가메쉬님이야. 한 행성의 최강자를 꺾은 것이지. 단순히 지구로 돌아오겠다는 일념하나로."

"……."

"그런 마스터가 대체 무슨 이유로 연락이 끊겼을까요?"

"그건 지금부터 알아봐야지"

파모라는 자리에서 일어나, 한쪽 구석에서 손을 들어올리고 있는 시온과 타말에게 다가갔다.

"시온! 타말!"

"예."

"너희들을 이곳으로 보내준 게 인터미디오인 켈라이쥬라고 했지?"

"그렇습니다."

"놈들과는 어떻게 하면 연락이 닿을 수 있을까?"

"그건……."

시온과 타말이 조심스럽게 입을 열었다.

◆

며칠이 흘렀다.

그 며칠사이에 커다란 비보가 날아들었다. 바로 미주대륙으로부터였다. 정확히는 남미대륙. 그 중에서도 큰 나라라고 할 수 있는 나라 멕시코. 멕시코가 먹혔다. 바로 팬텀에 의해.

미국과는 달리 멕시코엔 이렇다할 헌터들이 활약을 하지 않았지만, 그래도 대형 블랙헌터 집단이 본격적으로 수면 위로 모습을 드러내고, 아예 국가단위를 먹어치워가면서까지 일을 벌이는 것은 처음이라 UN가맹국을 비롯한 전세계 헌터협회들은 당황할 수 밖에 없었다.

팬텀은 멕시코 대통령의 머리를 날려버리곤, 바로 그곳에서 전세계인들에게 공표했다.

팬텀의 리더.

그는 거리낄 것이 없다는 듯, 아예 자신의 얼굴을 드러내놓고 얘기했다.

[이제부터 정복사업을 시작한다. 반하는 자는 목을 칠 것이다. 수그리고 들어와 굴종을 맹세하는 자는 살려둘 것이다. 이것은 신의 사역이며 우리는 대리자이다. 다음은 미국이다. 준비하라.]

팬텀의 리더가 공표한 말은 영상이 되어 전세계의 뉴스에 나왔고, 인터넷 스트리밍 사이트에서 수백억 번의 재생수를 기록했다.

미 대통령과, 헌터협회 회장은 바로 장시간 회의를 거쳐 짧은 결과를 도출해냈다. 그들의 내놓은 결과는 단호하고도 확고했다.

[미친 소리를 하는 테러단체와는 절대 타협하지 않는다! 무슨 일이 있더라도, 전력을 다 쏟아부어 세계의 암적존재를 축출하겠다!]

당연한 대응이었다. 현 미 대통령과 회장은 성향이 아주 비슷했다. 폭도들을 용납하지 못하고, 철저한 원리주의로 대응한다. 그들을 [철혈]이라고 부르는 사람들이 많았다.

어쨌든 멕시코를 비롯해 남미 대륙의 국가들이 하나 하나 팬텀에 의해 잠식당하기 시작했다. 팬텀의 무서운 점은, 1만에 달하는 블랙헌터들이었다. 밴프라이즌에서 탈옥한 헌터들은, 어떻게 된 것인지 하나의 이탈자도 없이 팬텀의 휘하로 들어갔다. 그도 그럴 것이 그들은 애초에 흉악범이었으며, 세계 어디에도 그들을 받아줄 나라는 존재치 않았다. 팬텀이 아니라면 어차피 죽는 목숨들. 그들은 차라리 팬텀의 군대가 되어 세상을 먹어치우리란 생각에 동조했다.

팬텀이 나라를 먹어가는 과정은 단순하면서도 효과적이었다. 먼저 각국의 대통령과 헌터협회 지부를 밀어버린다. 그 다음엔 군권을 장악한다. 장성급을 데려다놓고 높은 계급부터 의사를 묻는다. 반하면 하나씩 머리를 날리면서 밑으로 내려간다.

그럼 결국 동조하는 자가 나온다. 눈 앞에서 머리가 터져나가고, 자신의 목숨이 경각에 달해가는데 찬성을 하지 않을 도리가 없다. 결국 그렇게 군권을 장학고 나면 그 다음은 쉽다. 군대를 이용해 통제를 하는 것이다.

물론 시민병 쿠데타도 일어났지만, 팬텀의 레귤러 멤버들이 간단하게 제압했다. 애초에 싸구려 카빈으로 무장한 시민병들이 팬텀의 블랙헌터들에게 상대가 될리 없었다.

특히나 팬텀은, 이미 협력관계던 카르텔을 이용해 더욱 손쉽게 멕시코를 차지했다.

세계는 전황의 소용돌이에 휩싸여갔다.

전문가들은 1, 2차 세계대전을 능가하는 세계전쟁, 혹은 첫 몬스터가 나타났을 때의 혼란 이상의 전란이 찾아올 것이라고 내다보았다.

미국은 전열을 재정비하고, 헌터들을 규합했다.

그런가운데….

한국.

한국 역시 외부에서 들려오는 소식에 불안하긴 마찬가지였다. 더군다나 최근에 들어 전 세계적으로 던전 브레이크 가속화가 훨씬 심화되었다. 팬텀이 아니어도 이미 전 세계는 골치를 꽤나 썩이고 있었다.

한국 역시 던전 브레이크를 수습하는데만 거의 온 정신을 쏟았다.

다시 며칠이 지났다.

대혁이 사라지고 정확히 일주일.

"대체 마스터는 어딜 가신 거란 말인가?"

무토 요시노리는, 잉칼리움 건물의 바깥으로 빠져나와 있었다. 그는 테라스 바닥에 앉아 하늘을 올려보았다. 술을 즐기지 않는 그였지만, 지금은 손에 병맥주를 들고 있었다.

"대체…… 어떻게 돌아가는 정국인지……?"

혼란스러웠다.

그를 비롯한 종현량, 오천락, 그랄 모두 한 때 블랙헌터 집단에 몸을 담았었지만, 그때는 마치최면이라도 걸린듯했다. 이 지구라는 터전이 바로 그들이 살아갈 곳인데, 그것을 알지도 못하는 인물에게 받치려 했었다.

대혁은 그 흑막을 '에인드리온' 이라고 말하곤 했었다.

그것은 에인드리온의 4기수중 하나까지 갔던 오천락도 수긍했다.

4기수라곤 하나, 그 역시 에인드리온과 그렇게 접촉이 잦다고 할 수 없었다고 한다.

더 자세한 이야기는 하지 못했다. 그런 이야기를 할라치면 오천락의 머리가 터져버렸으니까.

대혁이 하지 못하게 진즉에 제지시켰다.

무토 요시노리가 맥주를 마시며, 하늘을 올려보았다. 밤하늘은 맑았다. 투명한 달이 아무것도 모른다는듯 은은한 달빛으로 지상을 비추었다.

"응?"

무토 요시노리가 눈을 치켜떴다.

방금, 분명히 푸른 전류의 흐름같은 것이 달빛을 가로질렀는데……?

그렇게 생각함과 동시에.

위이이이이이이잉─!

경보가 울었다. 결계부분이 파손되고 있었다.

빠직 빠직!

균열이 생겨나는 틈으로 전류의 흐름이 거세게 일었다.

균열이 순간 벌어지고, 그 안으로 낙뢰가 떨어졌다.

빠지지지지직!

결계는 곧바로 수복됐으나, 뭔가가 침투했다.

무토 요시노리는 그 '무언가' 뭔지 너무도 잘 알았다.

"별찌미르님."

소년같은 모습은 생장해서, 어느덧 청년이 되어 있었고, 얼굴을 덮고 있던 물비늘같은 자국들은 거의 사라져 있는 별찌미르가 모습을 보였다.

5. 노바틱 행성

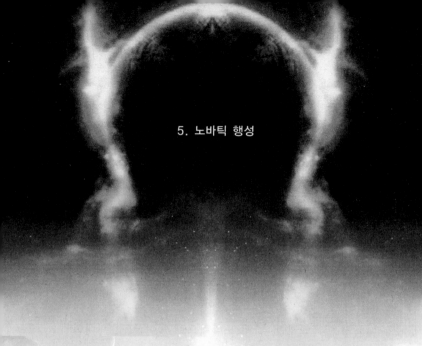

5. 노바틱 행성

끝이 보이지 않는 바다. 바다는 문제가 되지 않는다. 그
끝이 보이지 않는다고 정말로 끝이 없는 것은 아니다. 음
속을 돌파한 속도로 비행을 하면, 결국에는 머지 않아 그
끝에 닿고 육지에 오를 수 있을 것이다. 문제는 그게 아니
다.

저 하늘에 떠올라 있는 달 세 개. 저 세 개는 노바틱 행성
의 증표다.

정말 이곳이 대혁의 생각대로 노바틱 행성인 걸까?

대혁은 천천히 자신의 상황을 되짚어 보았다.

던전 브레이크가 일어났고, 그 중심지에서 포털의 흔적
을 찾아보도록 드론 타입 골렘을 시켰다.

드론 타입 골렘이 신호를 보내왔고, 대혁은 웅덩이 앞으로 갔다. 웅덩이 안으로 들어가자 깊은 바다가 나왔다. 바다는 메갈로돈 보다도 훨씬 큰 상어, 거해교가 지배하고 있었다. 대혁은 거해교를 죽이고 나서야 바다밖으로 빠져나올 수 있었다.

그리고 지금, 혼란을 겪고 있다.

아마 대혁의 생각 맞다면 그는 지금, 저 쪽 행성 지구에서, 이 쪽 행성…… 아마도 노바틱으로 건너왔다.

"이걸…… 반갑다고 해야할지."

대혁은 중얼거렸다. 노바틱 행성에서 지구로 돌아갔고, 지구에서 다시 노바틱으로 돌아왔다. 지구로 돌아간 것은 대혁의 의지였지만, 다시 노바틱으로 돌아온 것은 대혁의 의지가 아니다. 설마 그 웅덩이가 노바틱 행성으로 연결되어 있을줄 누가 알았겠는가.

대혁은 고개를 치켜들었다. 이렇게 멀뚱히 시간만 때우고 있는다고 바뀌는 것은 아무것도 없다.

우선 이 망망대해에서 부터 벗어나기로 했다.

콰가가가가!

플라즈마 추진 장치를 분사해 높이 떠올랐다. 그는 전면에 뜨는 홀르그램에 나침반을 띄웠다. 나침반 바늘이 움직였다. 대혁은 나침반을 확인하며, 돌아섰다.

"북쪽으로…… 가자. 이 정도의 대해라면 분명히 남쪽 크리트 대해 일거야."

남 쪽 크리트 대해. 섬하나 없는 대해에는, 대혁조차 경험해보지 못한 미지가 있다. 거해교 또한 그런 놈들중 하나. 이곳이 대혁의 예상대로 크리트 대해가 맞다면, 이곳에서 정북으로 올라가야 한다. 크리트 대해의 북쪽엔 대륙이 존재한다. 대혁은 북쪽으로 방향을 잡고 플라즈마 장치를 분사했다.

콰가가가가———!

플라즈마가 분사되고, 골렘수트를 밀어냈다. 골렘 수트는 곧 음속의 벽을 뚫었다.

펑————! 펑 퍼펑 펑펑펑 퍼퍼퍼펑!

골렘수트는 계속해서 가속하며 대기층을 연쇄적으로 뚫어내며 북쪽으로 날아갔다.

◆

대혁은 북쪽 땅 위로 천천히 발을 내려놓았다.

쿠구구구구.

골렘 수트가 착지하면서 먼지가 조금 일었다. 북쪽의 대륙위에 내려앉은 대혁은 할 말을 잊었다.

땅을 밟으면 뭔가 방법이라도 생길줄 알았다. 그러니까, 이곳이 어디인지 확실히 알아보고, 다시 돌아갈 방법을 도모할 수 있을 줄 알았다. 한번은 했으니 두 번은 더 쉬울 거라고 생각했다.

그런데…….

"……."

눈앞에 펼쳐진 광경. 그것은 대혁은 할 말을 빼앗아가기
에 충분했다.

눈 앞에 펼쳐진 대륙 전체가 황폐화가 되어 있었다. 마치
사막과도 같은 모습.

서대륙도 아니고, 북대륙이다. 북대륙은 예로부터 비옥
한 대지로 유명한곳이었으며 이땅에서 자라나는 각종 작물
들은 전 대륙으로 널리 수출되었다.

"아니야. 내가 예전에 알던 북대륙이…."

대혁은 어느 정도 더 날아보기로 했다. 그러나 수십키로
미터를 더 이동해도 보이는 것은 모두 똑같았다.

황폐화된 대지.

─캬아아아악!

비행 도중 웬 괴조(怪鳥)하나가 날아 들었다. 덩치가 웬
만한 몬스터 이상이었다. 대혁은 즉시 플라즈마 빔을 방사
했다.

괴조가 입을 벌렸다.

─즈아아아아앗─!

음파의 파동이 뻗어나오면서 플라즈마 빔을 상쇄시켰다.
대혁은 몸을 돌려가면서 날아 괴조의 밑으로 달라붙었다.

"훙."

대혁이 괴조의 밑에서부터 손을 찔러 올렸다.

푸직!

괴조의 배를 파고 골렘의 손이 파고들었다. 대혁은 괴조
의 내장을 끌어당겼다.

-키애애액!

고통에 울부짖으며 추락하는 괴조를 내려다보던 대혁은,
괴조들의 합창같은 울음소리에 고개를 들었다.

-키애애애애액!

-키애애애애액!

한 두마리가 아니다.

철새떼처럼 수백의 괴조들이 날아들고 있었다.

"이건 나라도 안되겠군."

대혁이 몸을 돌렸다.

◆

방향을 틀어서 바닥으로 내려앉은 대혁은 잠시 터벅 터
벅 걸었다. 그는 걸으면서 우선 행선지를 정하기로 했다.
가야할 곳은 많지 않았다. 그를 반기는 곳 자체가 얼마 없
었으므로. 얼마간 걷던 대혁은 잉칼리움으로 날아가기로
했다. 그곳이야말로 노바틱 행성에서 대혁이 유일하게 마
음을 놓고 쉴 수 있는 곳이다.

잉칼리움이 있는 곳은 동대륙. 제국과 땅이 맞닿아 있는
지그탄 평야의 끝 부분 산맥이 시작되는 곳에 걸쳐있다.

콰가가각!

플라즈마 분사장치를 이용해 떠오른 대혁이 다시 이동을 시작했다.

"……."

대혁이 비행을 하는 내내, 땅에는 사람하나 보이지 않았다. 아까의 괴조와 같은 괴물들만 득시글거렸다. 하늘을 나는 괴조뿐만 아니라, 땅위에도 정체를 알 수 없는 괴물들이 득시글거렸다. 설마 노바탁 행성이 이 정도로 황폐화 되어있을 줄은 몰랐다. 그가 살고 있을 적에도, 노바틱 행성은 비옥한곳보다 몬스터가 득시글거려 척박한 곳이 많았다. 그러나 이 정도는 아니었다. 이 땅위에는 비옥함이라는 자체가 존재하지 않았다. 대혁은 길게 한숨을 내뿜었다.

노바틱행성은 거의 지구만큼이나 넓었다. 몇시간을 비행하는 동안, 괴물들이 몇마리 더 덤벼들었다. 대혁은 괴물들을 천천히 눕혀가며 움직였다.

마침내 잉칼리움이 있던 곳에 도착했다. 그의 완벽한 난공불락의 성채. 수천의 골렘들이 상주하며 시종이며, 병사일까지 했던 곳.

제국의 두려움까지 살 정도로 강력했던 곳.

대혁의 목숨을 노리고 덤볐던 암살자들이 도리어 죽어나간 암살자들의 무덤.

그곳이…….

"……."

그곳이 다른 대륙들과 마찬가지로 황폐화되어 있었다.

그곳엔 아무것도 없었다. 심지어 잉칼리움의 터조차 남아 있지 않았다.

완전한 폐허만이 을씨년 스럽게 대혁을 반겼다.

심지어 산맥마저 깎여 없어져 있었다. 길게 뻗은 지그탄 평야만이 지평선 너머 끝까지 황량하게 펼쳐져 있었다.

대혁이 허탈함을 감추지 못해, 근처 바닥에 털썩주저 앉았을 때였다.

[대… 대혁님. 대혁님이십니까? 대혁님! 대체, 대체 이게 얼마만인 겁니까?]

오랜만에 듣는, 익숙한 목소리가 귀청을 때렸다.

◆

별찌미르는 무토 요시노리의 뒤를 따라, 잉칼리움의 안으로 발을 들여놓았다.

경보가 울렸다며 헐레벌떡 뛰어나오던 인원들이, 무토 요시노리의 얼굴과 낯선이의 얼굴을 번갈아보았다.

별찌미르는, 그 중 하나를 보며 반갑게 인사를 했다.

오천락이었다.

"오천락. 반갑군."

별찌미르의 바뀐 외양을 보며 긴가민가하던 오천락은 그가 누구인지 목소리를 듣자마자 단번에 파악할 수 있었다.

어찌 모른다고 하겠는가?

현 지구 '최강'의 후보자 중 하나를.

"아. 별찌미르님. 격조하였습니다. 흠…… 신색이 훨씬 좋아지셨군요."

"네가 제임스를 통해 건네 준 여의주의 조각때문에… 완저하진 않지만 어느 정도 힘을 되찾았다. 고맙다."

"별말씀을요. 저도 그에 상응하는 부탁을 드렸지 않습니까?"

오천락이 미미하게 미소를 지으며 얘기 했다. 인원들이 얼굴에 물음표를 띄우며 오천락을 보았다. 별찌미르가 고개를 작게 끄덕이곤 대답했다.

"그래. 네가 당하며면, '우대혁'을 죽여달라는 부탁을 했었지."

"!"

인원들이 고개가 일제히 오천락에게 향했다. 타는듯한 시선으로 인원들이 오천락을 째려 보았다.

"이봐, 이봐. 다들 진정하라고. 아직 내가 레버넌트의 수장직이었을 때, 그러니까 에인드리온의 4기수중 하나였을 때 얘기니까. 그러는 지들도 다 우대혁을 죽이기 위해 안달이었던 적이 있으면 서 나한테만 xx이야."

그 말에 머쓱해진 인원들이 시선을 거뒀다. 별찌미르는 담담한 어조로 오천락에게 말했다.

"그래서, 지금은 어떤가?"

"무엇이 말씀이죠?"

"아직도 우대혁을 죽여주길 바라나?"

"그, 그건 아닙니다. 자꾸 그얘기 하지 마시죠. 이 놈들이 째려보니까."

별찌미르가 고개를 주억거렸다.

"그럼 다른 부탁을 해도 된다."

별찌미르가 생각외의 호의를 베풀었다. 오천락이 눈을 크게 떴다.

"그게 정말입니까?"

"물론이다. 네가 구해준 여의주 파편을 생각하면, 내가 부탁을 들어주는 편이 훨씬 마음이 편하니까."

"그렇다면……."

오천락에게도 생각이 있었다. 자신들에겐 닿지 않는 일을, 별찌미르라면 행할 수 있을지도 모른다.

별찌미르는 그런 존재니까.

오천락이 입을 열었다.

◆

4대 블랙헌터 조직 중 하나인, 스펙터가 영역을 넓혀왔다. 레버넌트가 사라진 이후, 아시아를 먹어치우겠다면서 유럽을 넘어서 아시아까지 발을 들인 것이다.

하지만 팬텀처럼 대놓고는 아니었다. 그들은 그들의 방식대로 은밀하게 세를 넓혀왔다.

"헌터협회들이 있다곤 하지만, 우리는 우리들의 방식으로 지켜야할 게 있다."

잉칼리움에서, 그들은 상의를 끝마쳤다.

한때는 지구의 전복을 꿈꾸던 자들이, 대혁의 골렘이 된 이후로 변해도 많이 변했다. 그들은 이제 지구를 지키기 위해 싸웠다.

무토 요시노리는 검을 한자루 메고 러시아 모스크바로 떠났다. 종현량은 필리핀으로, 오천락은 중국으로 갔다.

파모라는 독일로 갔다. 〈인터미디오〉켈라이쥬와 가장 비슷한 역할을 한다는, 중개인 빌헬름을 찾아서.

◆

대혁을 찾는 목소리의 정체.

곧바로 알아들을 순 없었지만, 곱씹어보자 그 목소리가 누구의 것인지 떠올릴 수 있었다.

대혁이 노바틱 행성에 살던 시절에 만들었던 커스텀 골렘. 그 중에서도 제국의 그랜드 소드 마스터였던 라엘의 목소리였다. 이미 14살에 제국 기사단장을 꺾고 소드마스터의 지위에 올랐고, 20살에는 기록상 최연소로 그랜드 소드 마스터가 되었다.

그의 힘은 발탄 왕국의 왕 규토와도 엇비슷하다고 사람

들이 이야기 하곤했다.

그는, 길가메쉬에 도전했다

강했지만 길가메쉬에 비할바는 아니었다. 빈사상태가 되어 겨우 살아남았고, 그로부터 도망쳤다. 대혁이 그를 발견했을 땐 이미 죽은 상태였다. 그를 잉칼리움으로 데려와 골렘으로 만들었다.

[라엘이냐?]

대혁이 물었다. 대답은 곧바로 돌아왔다.

[예.]

[정말 오랜만이군.]

[예… 오래간만입니다. 이 목소리를 듣고 싶었습니다. 우대혁님.]

[지금 어디에 있나?]

[북방의 끝, 얼어붙은 평원입니다.]

[……왜 그 곳에?]

[행성을 지키기 위한 마지막 전사들이 이 곳 얼어붙은 평원위에 모여 있습니다.]

[얼어붙은 평원이라고…… 알았다. 내가 지금 가겠다. 조금만 기다려라.]

[하지만 조심하셔야 합니다. 이미 위치가 적군에게 발각되었습니다. 놈들의 포위망이 점점 좁혀오고 있어, 얼어붙은 평원은 온천지사방이 적들입니다.]

[적들이라함은 정확히 어떤 녀석들이지?]

[괴물들입니다.]

◆

얼어붙은 평원은 언뜻, 말 그대로 영하의 날씨로 지대 전체가 얼어붙어 있는 곳이었다. 지구의 북극이나 남극과 비슷한 곳이라고 생각할 수 있다. 얼핏 비슷한 모양새기도 하다. 얼어붙은 평원엔 빙하가 얼어붙어있고, 사시사철 눈이 휘날리며, 또한 대지위로 눈이 쌓여있다. 하지만 남극과 북극보다 몇 배는 심한 칼날추위가 얼어붙은 평원 전체를 뒤덮고 있다. 비슷하지만, 훨씬 혹독한 자연환경인 것이다. 만일 평범한 사람이라면, 아무리 방한대책을 많이 준비해 와도 추위에 동사해 죽는 곳이 바로 이 얼어붙은 평원이다.

평범한 사람이 이곳에 발을 들이면, 얼어붙은 동상이 되어버린다.

"이런 환경에 숨어서 반격을 도모한다? 궁지에 몰려도 지나치게 몰려있는 모양이군."

얼어붙은 평원의 시작쯤 경계선에선 대혁이 중얼거렸다. 제대로 된 환경에서 궁리를 해도 될까 말까다. 이곳에 있는 것만으로도 제 살을 깎아먹을 것 같다. 이런 곳에서 반격을 도모해 봤자 뭐가 될까 싶었다.

대혁은 드넓은 평원을 쏘아보았다.

대낮이되면, 빛을 반사하는 흰 눈밭때문에 눈이 멀정도였다. 다행히 대혁은 골렘수트로 인해 한번 빛을 걸러내받을 수 있었기 때문에, 크게 무리는 되지 않았다.

"후. 그래도 가봐야지. 부디 내가 갈때까지는 무사해라."

위이잉.

작은 골렘의 소음이 들리며 대혁이 걸음을 떼놓았다. 첫발을 떼놓자마자, 첨벙거리는 물소리가 났다. 물을 타고 들어가는 게 아니라, 물에서 빠져나오는 소리. 대혁이 고개를 돌렸다.

카르륵?

물범이었다. 그러나 다른 물범과는 달라도 한참 다르다. 눈은 흉포한 붉은색으로 번들거렸고, 이빨 역시 삐죽삐죽했다. 모든 이빨이 송곳니처럼 주둥이를 누르고 튀어나와 있었다.

덩치도 물범보다 훨씬 컸다. 바닷속에서 생선이나 잡아먹는 다른 물범과는 달리, 북극곰이라도 잡아먹을 법한 덩치. 아까 봤던 괴조와 비슷하게, 무언가의 영향으로 심각하게 변형을 거친 돌연변이임이 틀림없었다.

놈은 허기가 졌는지, 대혁을 보고 위협적인 소리를 몇번 내더니 달려들었다. 대혁을 먹잇감 정도로 생각했던 모양이다.

대혁이 플라즈마 빔을 방사했다.

퍼엉!

물범의 몸이 터져 산산히 비산했다. 붉은 피가 후두두두둑 흰 눈밭위로 떨어졌다.

"시작이군."

대혁이 중얼거렸다. 라엘의 말에 따르면, 이 얼어붙은 평원 곳곳에 괴물들이 도사리고 있다고 한다. 저 물범괴물 역시 그런 류중 하나일 것이다.

왜 인지 대혁으로서도 쉽지 않을것 같다는 예감이 짙게 들었다. 대혁은 움직이기 전에, 골렘들에게 신호를 보냈다. 노바틱 행성전체에 흩어져 있는, 남아 있는 골렘들에게, 바로 이곳 얼어붙은 평원으로 모이라고.

대혁이 가장 먼저 도착했지만, 대혁의 신호를 들은 골렘들이라면 하나둘 도착하기 시작할 것이다. 대혁이 노바틱 행성에 만들어놓은 골렘의 수는 수만이 넘었다.

그 중 대부분이 파괴되었다고 하더라도, 없는 것보단 있는 것이 나을 것이다.

더불어 지금 파쿨타템 안에 있는 골렘들까지 합하면, 상대가 어떤 괴물이든 상대할 힘은 모이리라.

대혁이 몇 발자국 더 내디뎠다.

꾸어어어억!

몇발자국 떼지도 않았는데 또 괴물같은 놈이 튀어나왔다. 하얀털이 우수수 나있고, 마치 유인원 같은 모습이다. 털에 가려져 보이진 않지만, 한눈에 보아도 그 신체가 근육질로 뒤덮여있을것이 분명했다.

꾸우어어억!

놈이 알아달라는듯 가슴을 두드리며 위협적인 소리를 냈지만, 대혁은 돌아보지도 않고 놈을 플라즈마 빔을 방출했다.

퍼어어어어억!

◆

몇 마리의 몬스터를 해치운 건지 기억도 나지 않았다. 대혁의 골렘 수트는, 몬스터들의 살점과 피로 그득했다. 분명 몇 번인지 공격을 허용하기도 했지만, 골렘 수트 자체엔 이상이 없었다.

라엘의 말 그대로였다. 얼어붙은 평원 곳곳에는 몬스터들이 티끌처럼 많이 도사리고 있었다. 과연, 왜 라엘같은 녀석이 숨어서 반격을 도모할 수 밖에 없는지 알 것 같았다. 이런 숫자라면, 적의 지휘관이 누구인지 파악하기도 전에 싸움에 매몰되어 지쳐 버린다.

퍼어억!

달려드는 설인의 머리통을 날려버린 대혁은, 즉시 골렘에서 힘을 뺐다.

푸슈슈슈슈.

대혁의 골렘수트에서, 부스트의 과급이 빠져나가면서

바람빠지는 소리가 났다. 부스트는 항상 유지하는 것보다, 전투시에 짧게 유지하고 빼는 것이 나았다.

그것이 마력소비도 덜하고, 골렘에 부담도 가지 않는다.

퍼억! 퍼억! 퍼어어억!

주위에 있던 설인 몇마리가 터져나간다. 대혁이 한 것은 아니다. 거병들. 그들이 대혁을 호위하듯, 옆으로 붙어선다. 이 녀석들은 지구에서 만든 골렘이 아니다.

바로 노바틱 행성에서 만들었던 것들.

기병형태의 골렘들은, 거대한 골렘말 위에 올라타서, 마나를 두른 랜스를 들고 있었다.

"가자."

대혁이 빈 골렘말에 올랐다. 말은 한번 이히힝 울더니 앞으로 튀어나가기 시작했다.

살아 생전, 명마의 혼령을 잡아 만든 골렘이다. 오히려 지구의 웬만한 슈퍼카보다도 이 말들이 빨랐다.

투그닥 투그닥 투그닥 투그닥!

말이 달리기 시작했다. 잠시 유보하는가 싶더니, 다시 설인들이 나타났다. 기병골렘들이 앞서 달리면서 랜스로 설인을 뚫어버리고, 대혁이 달려나갈 길을 확보했다. 붉은 피가 하얀 눈밭을 녹였다. 흐르던 피는 곧, 얼어붙은 평원의 날씨에 차게 식고, 얼어붙었다.

"끝도 없군. 언데드 군단보다 더 해."

대혁이 중얼거렸다. 대체 어디서 이렇게 많은 놈들이 나왔는지 의문일 정도.

물론 이런 식으론 대혁을 잡지 못한다. 설인이 몇마리, 몇십 몇백, 혹은 몇천이라해도 대혁을 이길 순 없다. 대혁의 골렘 또한 그 정도 숫자가 되는데, 대혁의 골렘은 설인보다 몇 배는 강력하다.

말을 타고 달리던 대혁은, 텔레파시를 걸었다. 바로 라엘을 향해서였다.

[라엘.]

[예! 대혁님.]

라엘의 대답은, 기다렸다는 듯 곧바로 들려왔다. 대혁은 짧게 물었다.

[지금 어디지?]

[여전히 얼어붙은 평원입니다. 얼어붙은 평원, 최북단, 한때 아이스 메이지들의 주둔지였던 빙결의 마법 동굴에 있습니다.]

[흐음. 거기에 생존자는 몇이나 있나?]

[모두 합해 일 천 정도 됩니다. 모두가 정예고수들 뿐입니다.]

라엘의 말에는 조금, 자부심이 서려있는듯도 했다. 마지막 용사들의 실력에 대한 믿음일까?

[그렇군. 나도 지금 얼어붙은 평원이다.]

대혁은 자신의 위치를 밝혔다.

[오, 오신 겁니까?]

라엘이 조금 당황한듯 물었다.

[사실 진즉에 들어왔지. 아마 평원의 중반부쯤 될 것이다.]

[그 길이 쉽지는 않을 겁니다. 아마 설인들이…….]

[그래. 지금 지겨울정도로 죽이고 있는 중이다.]

대혁은 사실대로 털어놓았다. 지금 대혁이 죽인 설인들의 숫자가 얼추 수백은 될 터였다.

그리 어려운 상대는 아니라곤 하나, 귀찮을 정도로 설인은 많았다.

[제가 조언을 해드릴 부분은 없겠군요. 대혁님은 저보다훨씬 강하시니…….]

[곧 도착할 것이다. 기다려라.]

[괜찮으시다면 직진으로 오시는 것보다, 돌아서 오시는것을 추천합니다. 저희의 정면으로는 몬스터 주둔군이 어마어마하게 있습니다. 아무리 대혁님이라도 피해가시는 게나을 것입니다.]

[알았다.]

라엘의 충고에 대혁은 고개를 끄덕거리면서 대답했다.라엘은 진중한 목소리로 말했다.

[그리고, 오시면 아마 깜짝 놀라실 일이 있을 겁니다.]

[…….]

대혁은 텔라파시를 끊었다. 깜짝 놀랄 일. 라엘이 말해주지 않아도, 라엘의 시선을 공유하거나 머릿속을 읽어 알아낼 수도 있었지만 구태여 그러지 않았다.

퍼억!

퍼어어억!

퍼억!

달려드는 설인들을, 빙하의 창이 꿰뚫었다. 어느새 합류한건지 메이지 골렘들이 허공에 떠서, 한쪽엔 커다란 마법서를 들고, 영창을 외워가면서 설인들을 공격했다. 설인들은 자신의 배를 꿰뚫는 거대한 빙하의 창을 붙들고 선채로 죽었다.

점점 대혁의 연락을 받고 모여든 골렘들이 '병단'을 이루고 있다. 그 예전에, 대혁이 길가메쉬를 꺾을 때처럼.

◆

파모라는 아침 일찍 일어났다. 침대에서 일어나 이불을 개고, 이불을 개자마자 그녀는 부스럭 거리며 스낵봉지를 찾아 뜯었다. 침대밑에는 과자봉지가 잔뜩이었다. 봉지에 손을 넣고, 아무렇게나 과자를 꺼내 입에 넣었다. 밥 대용.

아침밥은 먹어야 하고, 밥대용이니까 살은 안찌고 건강에 좋겠지?

그녀는 그렇게 주문을 외웠다. 물론 밥을 양껏 먹는다고해서 그녀는 살이 오르지 않는다.

골렘이니까.

우물거리며 씹어 삼키고, 다시 씹어 넘겼다. 스낵으로 식사를 마친 파모라가 일어났다. 그녀는 샤워실로 가 물을 틀었다.

작고 미성숙한 몸이 드러났다.

이미 익숙해질 정도로 익숙해져서 별다른 감정은 들지 않았다. 온수로 몸을 씻었다. 샴푸로 머리를 감고, 폼으로 얼굴을 닦았다. 린스까지 하고 양치도 깔끔히 했다.

그녀는 말끔히 옷을 차려입었다. 박스티에 청반바지, 니삭스, 운동화. 언뜻 어린애같아 보이는 옛날의 파모라라면, 절대 입지 않을 옷이다. 아마 유아틱하다며 옷을 찢어버렸을지도 모른다.

그때의 파모라는, 뇌쇄적인 몸에 어울리는 옷만 찾아 입었다. 분명히 여지없이 농염한 몸을 최대한 내보이는 옷을 선택했을 것이다. 등 전체에 천이 없다거나, 가슴이 깊게 파여 훤히 들여다보이는 옷.

그러나 지금은 이런 옷이 편했다.

가방하나에 이거저것 구겨넣은 파모라는, 잉칼리움을 나섰다.

이미 다른 커스텀 골렘들은, 모두 잉칼리움을 나가 잉칼리움은 텅 비어 있는 상태였다.

"다녀오세요."

"꼭 무사히 돌아오셔야 합니다."

시온과 타말만을 남겨두고 파모라는 날아올랐다. 그녀는

상공에서 잉칼리움을 한번 내려봤다.

거대한 성채는, 완벽한 방비를 갖추고 있었다.

며칠 전처럼, 별찌미르같은 초 괴물이 아니라면 그 방비는 충분히 잘 작동을 할 것이다.

"그럼 며칠동안 안전히 있으라고."

파모라는 비행기를 이용하지 않았다. 대신 그녀는 두둥실 떠올라 플라이 마법으로 대륙을 건너기로 했다. 목적지는 독일.

슈아아아악-!

맹렬하게 바람을 갈랐지만, 머리나 옷이 휘날리지는 않았다. 그녀는 몸에 마나로 된 막을 두르고 있었다.

속도도 비행기보다 더 빨랐다. 한 시간이 조금 넘게 비행을 했을 때, 파모라는 독일 영공에 도착할 수 있었다.

사실 공간마법을 이용하면 더 빨리 올수도 있었다.

하지만 어떤 일이 있을지 모르는데 마나를 허투루 낭비할 순 없는 일이다.

중개인 빌헬름이 비록, 직접적으로 블랙헌터들의 일에 관여하지 않는다지만, 쓸모있는 이주자들을 블랙헌터들에 연결해주는 일을 하고 있지 않은가?

파모라는 독일의 영공부터는 천천히 비행해 높은 건조물 위로 내려앉았다.

'이 곳에 중개인인 빌헬름이 있단 말이지? 어떤 식으로 찾을 수 있을까?'

베를린타워의 첨탑 위에 내려앉아, 독일의 시내전경을
내려다보며 파모라가 자문했다.

두 말 할 필요도 없다.

스펙터부터 잡아 족치면 답이 나올 것이다.

〈6권에서 계속〉